图书在版编目（CIP）数据

布衣院士 / 陈晓琳著. —广州：广东人民出版社，2021.9
ISBN 978-7-218-15159-5

Ⅰ. ①布… Ⅱ. ①陈… Ⅲ. ①报告文学—中国—当代 Ⅳ. ① I25

中国版本图书馆 CIP 数据核字（2021）第 144162 号

BUYI YUANSHI
布 衣 院 士

陈晓琳 著
版权所有 翻印必究
出 版 人：肖风华

出版统筹：卢雪华
责任编辑：曾玉寒 伍茗欣
特邀编辑：侯向科 李泺桐
责任校对：林 俏 窦兵兵
装帧设计：河马设计
责任技编：吴彦斌 周星奎

出版发行：广东人民出版社
地 址：广州市海珠区新港西路 204 号 2 号楼（邮政编码：510300）
电 话：（020）85716809（总编室）
传 真：（020）85716872
网 址：http://www.gdpph.com
印 刷：广州市浩诚印刷有限公司
开 本：715 毫米 ×995 毫米 1/16
印 张：15.75 **字 数**：200 千
版 次：2021 年 9 月第 1 版
印 次：2021 年 9 月第 1 次印刷
定 价：48.00 元

如发现印装质量问题，影响阅读，请与出版社（020-85716849）联系调换。
售书热线：020-85716826

种得桃李满天下，心唯大我育青禾。是春风，是春蚕，更化作护花的春泥。热爱祖国，你要把自己燃烧。稻谷有根，深扎在泥土。你也有根，扎根在人们心里！

——《感动中国》颁奖词

从教半个世纪，你立德树人，播撒春雨育桃李满天下；治学六十余载，你求知求真，浇注汗水写稻种新篇章。入党七十年，你倾其所有许党报国，用初心无改彰显家国情怀；恭俭一辈子，你知行合一止于至善，用时光沉淀洗涤名利尘埃。

——《南粤楷模》颁奖词

目　录

01

一声啼哭

20世纪30年代的香港，还没有"东方之珠"的美誉，那时的维多利亚港，所有的美丽和底气仿佛都只因为它的名字是英国女王的名字。香港的街市，是依山而建的骑楼，远不及上海繁华，也不比广州风姿摇曳，却如一朵不那么金贵的小花，默默地在海的包围中盛放着。

30年代的第一年，第一个冬天，在香港的一户中产阶级家庭里，伴随着一声有力的啼哭，一个男孩诞生了，他是家里的第四个孩子，他的出生给这个家庭增添了一份精神上的殷实，一家人喜欢像围着小火炉似的围着他。父亲卢国棉给他取名"永根"，长大以后，卢永根无数次思考为什么当初父亲给了自己这样一个名字，感叹冥冥中仿佛一切都已安排，一个"根"字把他和祖国的土地紧紧相连。

卢永根的父亲卢国棉祖籍是广东省花县，也就是现在的广州市花都区。卢国棉的父亲早年到香港打拼，逐渐富裕，卢国棉从小受的是私塾教育，后来一家人搬到香港，他在16岁的时候被送到香港皇仁英文书院（Queen's College）读书，大学预科毕业后，在一家英国律师行当高级职员，并与兄弟一起继承和经营父亲遗留下的生意。卢永根的母亲梁爱莲是农村穷苦家庭出身，并不识字，15岁便由父母嫁到卢家。在卢永根的记忆里，母亲一生为人善良，富有同情心，勤俭持家，相夫教子。

也就是说，卢永根从小的生活环境什么也不缺，经济上不缺钱，家里有电话，进进出出都有汽车或者人力车；情感上不缺爱，母亲、哥哥姐姐给了他最好的呵护。

当然，父爱的传递方式从来就是不一样的，卢永根晚年的时候深情地回忆道：

"我父亲一方面受孔孟旧礼教的影响较深，养成行为端正、富正义感、敢作敢为和崇尚俭朴的品德情操，写得一手好书法；另一方面，他又接受西方的现代文明，精通英语。平时对子女管教很严，规定不准打扑克，不准搓麻将，不准跳舞，吃饭时不得谈话，甚至不让看章回小说。他要求子女勤奋刻苦学习，每学期的家庭成绩报告书都要亲自过目查阅，子女有错的地方，严加呵斥，甚至鞭打，我对他一直心存敬畏。他喜欢游泳、打网球、看足球赛和西方喜剧电影，常常带我们两兄弟参加活动。父亲给我最大影响是使我勤奋好学，严格自律，处事果断，直言不讳，疾恶如仇，养成勤俭节约，不沾染不良嗜好，烟酒同我无缘。"

卢永根的第一个人生标签是"香港仔"。少年时代的卢永根，喜欢穿双肩带的西裤配上白衬衣，脚上穿一双时髦的高帮鞋子，头发梳得整齐光洁，一副很神气的小少爷模样。像许许多多的"香港仔"一样，他在中华传统的教育和西方文化的碰撞中长大，香港日渐繁华的

1937年10月，卢永根（左一）7岁时与父亲、哥哥在香港的合影

背后，总有一些他无法拉直的问号。

历史从来就不会给人们太多思考的时间。

1941年，日本偷袭美国珍珠港事件爆发，战火很快从北太平洋蔓延到了香港，风云剧变。当时的香港守军中主力是英军，包括英国人、华人、印度人、加拿大人组成的15000人规模的驻港部队对入侵的日军进行了抵抗。但是在日军炮兵、空军和海军的协同猛攻之下，本就战斗力低下的驻港英军很快丢掉了九龙要塞，退守香港岛。

战争在经过短时间的拉锯之后，1941年12月25日，日军飞机及炮兵集中火力对英军阵地狂轰滥炸，迫使英军放弃抵抗，港督杨慕琦宣布投降。充满讽刺意味的是，这一天恰好是英国人最重要的节日——圣诞节，圣诞节里永远的颜色是雪的纯白和圣诞老人一身吉祥的红色，但是在这一天，香港人得到的是一个"黑色圣诞日"。

港督宣布投降的第二天，原本是圣诞节系列中的Boxing Day，即人们拆礼物的日子。这一天，日军给了每个香港人一份大大的"礼物"，他们嚣张地举行了占领香港的入城式，把香港改名为富有岛国特色的名字"香岛"，并改1941年为"日本昭和16年"。随后日军开始了更加残暴的战争罪行，大肆巧取豪夺，吞没港人的财产，很多英国人、香港人被日军关在香港南部小镇赤柱的战俘营里，也就是现在的赤柱监狱。

几乎是顷刻之间，香港令11岁的卢永根感到很陌生，日军横行街头，商店几乎全部关门，百业凋零。

卢家的生意被迫停业，父亲在律师行薪水丰厚的工作也没有了。那时卢永根还在香港粤华中学附小读六年级。父亲担心坐吃山空，决定身边只留下最小的女儿，其余的五个子女由他的四弟弟带领，全部回到广东花县罗洞村坑尾里老家暂时避难。

那是卢永根第一次离开香港、离开父母，逃难的生活给了他深刻的不安全感。当时的花都也是沦陷区，同样在日本侵略军的践踏下遍体鳞伤，罗洞村虽然是穷乡僻壤，也三天两头有日军来围村洗劫。因此，一大家子每天的生活就是日本人来了怎么逃，每个人都有自己的任务，谁拿什么值钱的东西，哪个大的带着哪个小的。卢永根年纪小，没有分配到具体的任务，他的职责就是跟上大队伍，千万不能掉队，千万不能落在日本人的手里。

那些心提到嗓子眼里的日日夜夜在卢永根的记忆里刻骨铭心，每天晚上他不敢脱衣服，不敢睡得太沉，怀里紧紧抱着一个小包袱，随时准备撒开腿跟着大人逃命。为了躲避日军的烧杀，他常常跟大人一道逃到村外过夜。有一次，一家大小躲在村外芋头地的沟畔里，那是秋冬季节，夜间的水温很低，逃难的人们就这么整夜浸泡在灌满了水的沟里，夜里安静，大人小孩冷得发抖，牙齿打架的声音夹杂在冷风中特别刺耳。

卢永根在瑟瑟发抖中脑子里一个问题接着一个问题：这是我们的国家，这是我们的家乡，为什么我们有家不能回？为什么我们要这么屈辱地躲在臭水沟里？为什么黑夜这么长？什么时候才能天亮？什么时候才能见到太阳……

这也是从小在城市长大的卢永根第一次体会农村的清苦生活。为了节省粮食、增加饱腹感，每顿饭都是先吃许多芋头，基本填饱肚子后，再吃一点大米饭。平日无鱼无肉，除青菜外，只有一小钵由祖母自制的豆瓣儿酱。

不过，11岁的卢永根很快适应农村的生活，没有鞋穿，光着脚板走路他也很快找到了感觉，健步如飞；光着身子同村里的小伙伴们到河溪去玩水和摸鱼，运气好的时候还能弄到一两条小鱼；爬上高高的树上掏鸟窝，在上面打瞌睡；他还学会了放牛，冬天跟牧童们骑着黄牛和水牛到山丘上放牧，肚子饿了就偷挖人家田里的番薯烤着吃……

这样的日子一过就是两年。

在这两年和过去完全不一样的生活里，"香港仔"卢永根第一次对农村有了了解和认识，他认识了许多生活在贫困中的质朴的农民，他同情他们，乐于同他们亲近。小的时候背诵唐诗"谁知盘中餐，粒粒皆辛苦"，但是真正体会其中的苦、其中的道理，还是这段时间的深度体验，不知不觉中，卢永根对土地和农民有了理解和爱。

烽火连三月，家书抵万金。

这一天，爸爸来信啦！

孩子们挤成一团抢着读爸爸的信，更准确地说，是孩子们贪婪地希望从爸爸的信中，闻一闻家的味道，父亲的味道。

身劳苦学

既买锄头又买书，田可耕兮书可读，半为儒者半为农

父亲寄来的是两条家训。

这是卢永根永远不会忘记的，远在香港艰难谋生的父亲卢国棉似乎知道自己在思考什么。

卢永根在香港长大。在英国殖民统治下，香港人的民族意识比较淡薄。内地抗日战争爆发后，虽然香港各界也举办过不少抗日救亡活动，但是因为没有切肤之痛，这一切的行动就变得不痛不痒。那时的香港，照旧是夜夜笙歌、活色生香，内地许多人逃难到香港，香港一时竟成了人们逃避战乱的"孤岛天堂"。如果不是这次逃难的经历，卢永根也和大多数人一样，感觉生活在"天堂"中，这期间，他亲眼看到了日本鬼子的凶残，体味到沦为亡国奴的苦楚。

每天，四叔和大人们在一起议论局势，卢永根就在一旁投入地听。1942年1月，侵占香港的日军宣布"所有没有工作和居留证（即

所谓良民证）的人员，都必须离境"。命令一下，日本兵在街头任意捕人押解离境。到了1943年3月，由于粮荒日益严重，日本兵更加疯狂地捕捉市民，用帆船押送到华南海岸。日军还将一些帆船拖到公海后，命令炮击或用火烧毁。据说，当时被驱逐的香港居民，估计每天达1000多人。在日寇统治下，香港百业凋零，失业严重，人民在死亡线上挣扎，许多人被活活饿死，那个"天堂"的幻想彻底破灭……听着这些让人悲愤的新闻，爱思考的卢永根在那些一时得不到解答的问号中，一种忧国忧民和民族自尊的情感油然而生。

第一次感受到祖国的苦难，第一次体会到当亡国奴的滋味，他开始明白这样一个道理：没有强的国，何来安宁的家？

这一时期，卢永根读了很多书，他喜欢阅读，无论是中国古典名著《水浒传》《红楼梦》《西游记》《三国演义》，还是新文化运动时期巴金、茅盾、郭沫若和鲁迅的作品；无论是中国作品还是外国作品；也无论是人文社科类书籍，还是自然科学类书籍都能够激起他阅读的兴趣，博览群书方能找到自己的价值，追求博览群书方能拓宽视野、看清世界。

两年之后，卢永根他们几个兄弟姐妹陆续回到香港，不久，日本即宣布无条件投降，香港结束了三年零八个月的"日据时期"。卢永根和他的兄弟姐妹们走在那些他们熟悉的街道和城市的角落，欢欣鼓舞。

日本人走了，国民党政府曾扬言要从英国殖民者的手中收回香港，一时间，携带着美式装备的国民党官兵，俨然以"抗日功臣"自居，在香港的街头耀武扬威。当时人们对"国军"是肃然起敬的，卢永根曾用自己节省积攒的零用钱，买了很多自己爱吃的饼干、零食到九龙、"新界"的军营去慰劳"国军"，表达他对"国军"收复香港的期待。但是，现实是严酷的，国民党军队在香港的所作所为很快让天真的人们看清了他们的真面目。

一名军官偷了一家印度丝绸商店的绸布被当场抓住，士兵到戏院看电影不买票入场被阻拦后大打出手……国民党军队的到来一点也没有让受到日本人凌辱的香港得到治愈，反而一些国民党"接收大员"因贪污舞弊变成了"劫收大员"，一系列丑闻在报纸上曝光后，很快人们对国民党彻底失望，卢永根就是这些深深失望的人当中的一个。

几经波折，香港终于把被日本人强改的屈辱之名"香岛"重新改回了原本的"香港"，但由于当时国民政府的软弱，错失了收回香港的绝佳时机，香港重新回到英国殖民者手中。

结束了两年颠沛流离的农村生活回到香港，卢永根13岁了，家里很自然要考虑他的升学问题，摆在卢家人面前的是两个选择，究竟是进英文书院还是进中文书院呢？卢永根的父亲当然是希望儿子入英文书院的，将来想要在香港谋生，没有英文书院的资质不就等于输在了起跑线上吗？但是，此时的卢永根已经不是那个在糖水里泡大的卢永根了，他在思考，如果进了英文书院读书，接受英国人的教育，未来在被英国人统治的土地做事，那么他的民族呢？他的祖国呢？这是一个少年最初的民族意识觉醒，这份朦胧的还不是十分清晰的民族意识觉醒，使得少年卢永根不愿意进入英文书院。卢永根的父亲知道儿子选择了一条不寻常的路，这也可能意味着将来他会尝到更多的艰辛，但是欣慰于儿子已经开始有了自己的独立思考，他也看到了儿子身上的难能可贵的民族气节，于是他同意了儿子的想法。

自此，卢永根走上一条他自己选择的路，他仿佛是一个在黑夜里行走的人，追随着前方一束红色的光亮，他那时并不知道，那束光是他的民族，他的祖国。

日本侵华战争的现实教育了我，使我觉醒到当亡国奴的悲惨。我是炎黄子孙，要为自己的祖国复兴效力。

——卢永根

02

一心向党

　　1946年2月间，卢永根转入了香港岭英中学。在那里，他认识了一位叫萧野的语文老师，这是改变卢永根一生命运的人。

　　"萧野老师！"

　　"爱思考的卢永根！"

　　"我喜欢听您的课。"

　　"我也喜欢你这个学生，当我分析当前的局势，揭开港英政府和国民党反动派的真实面目时，我能看到你眼睛里的失望和愤怒；当我讲到我们需要一个强大的政党去建设一个崭新的国家时，我可以看到你眼睛里闪耀着光。"

　　自从认识了萧野老师，卢永根觉得自己的心里敞亮了许多，那些自己苦苦思考的问题，在萧野老师那里总可以找到答案。后来，经萧野老师介绍，卢永根转学进入了新开办的香港培侨中学，从1946年到

1949年，他在这里度过了非常有意义的三年高中生活，他人生的一个重大的起点就在这里。

香港培侨中学创办于1946年，卢永根是这个学校最早的那批学生之一。这所创办于二次世界大战之后的中学，最初主要招收的是东南亚的华侨子弟，卢永根是为数不多的香港本地学生。爱国主义教育一直是香港培侨中学的一大特质，学校在引进先进的教育理念的同时，更加注重培育学生的爱国情怀，让他们了解中国国情，了解中国前途，使他们成为支持新中国建设的力量。

1949年10月1日，伴随着新中国成立，培侨中学成为香港第一批升起五星红旗的学校之一。10月1日当天，培侨中学举行升国旗仪式，时任校长杜伯奎发表了演讲。他说，这面五星红旗的鲜红，也包含培侨师生为建国事业所作的贡献，并鼓励学生回到祖国，投身新中国伟大的建设事业。

在英国对香港实行殖民统治时期，每年的10月1日，培侨中学都会举行相应的国庆活动，但在升国旗、办活动时，大家都很谨慎，因为当时升五星红旗是不被允许的"政治表态"活动。

1952年，港英政府通过修改有关条例，明令禁止升五星红旗。即便是这样，培侨中学也没有放弃培养学生"爱国之情、报国之志"的理念。

1958年，杜伯奎被港英政府递解出境，培侨中学更是进入了颇为艰难的时期。但是不管面对多大的困难和挑战，培侨中学都一直坚守爱国的办学理念，几任校领导也都是越挫越强、不言放弃。

2019年，香港发生暴力违法事件，8月3日晚，时任校长伍焕杰组织一批教师、校友、学生等，返回校园，举行了一场升国旗仪式。"我们这样做是想作出好的示范给我们的师生、给香港的市民，让大家看到我们对祖国的爱。"

1946年7月，卢永根（右二）和他的堂弟妹们于香港培侨中学门前

　　卢永根就是在这样一所有着爱国主义教育传统的学校成长的。在学校里他有两个好朋友——李沛瑶和李沛钤。他们是亲兄弟，出身名门，父亲是黄埔军校副校长、国民党高级将领李济深。沛瑶和沛钤那时读初中，卢永根读高中，都寄宿在学校，周末才回家。机缘巧合的是，他们同住一间宿舍，床挨着床，三个人很快就熟稔起来。李家兄弟二人的性格不太一样，沛瑶比较内向和沉着，沛钤则活泼而调皮。

　　"沛钤晨操时常常'偷鸡'（广州方言，即缺席）先到饭堂拿早餐。有一次他把吃剩的肉罐头放在床下发臭被舍监发现。"

　　多年以后，卢永根曾经跟两兄弟的大哥"爆料"。

　　培侨中学刚创办时，经费十分困难，校方发动"爱校运动"向社会募捐。机灵的卢永根有了主意，想到李济深将军是知名的爱国人士，当时正旅居香港筹建中国国民党革命委员会，他的书法很出名，如果可以请他写一幅书法用来拍卖，岂不是可以帮助学校？于是，年长一些的卢永根约上沛瑶、沛钤，跟着他们去到香港罗便臣道的寓所拜见李济深。

那一天，少年卢永根见到了大名鼎鼎的李济深将军。当他看到李将军打开书房门向他走来，他感觉走来的是一部历史。

> 他参加过1911年辛亥武昌起义；
>
> 他在北伐战争中立下赫赫战功；
>
> 孙中山创办黄埔军校，他被任命为军校筹备委员会委员；
>
> 他是陆军上将，国民革命军第四军军长；
>
> 西安事变，他向全国通电反对内战，力促西安事变和平解决；
>
> 他在香港发表《对时局意见》，号召国民党内"每一个对国家负有责任感的人"，都应勇敢地站出来"改正党内反动派的错误政策"……

这就是卢永根崇拜的爱国者李济深将军，而此时的他身穿白色丝绸唐装，显得十分儒雅。

"他身旁站着两个怀着手枪的彪形'马弁'（贴身保镖），他看上去根本不像个军人倒像个学者。"事后，卢永根对自己的父亲说。

李济深为人温和，欣然接见了眼前这个帅气的毛头小子，并知道了他的来意。"如果我的书法能帮到你们学校，我很荣幸啊！"说完当即挥毫。后来，卢永根他们将这幅书法卖给了一位印尼爱国华侨，并把所得的善款交给了学校。

那一天，见过将军之后，沛瑶两兄弟还带着卢永根在李家的大宅子里四处转。在地下室，卢永根看到了很多木箱子，这些木箱子和卢永根后来的人生可以关联起来，因为木箱子里装着许多小型电影放映机的设备，而这些设备的主人，是李家的大公子李沛文。李沛文先

1947年夏，卢永根在香港培侨中学参加学生自治会竞选，这是当选的7名干事（右起：卢永根、赵逊年、林雄泮、宋香澄、陈家本、严伟华、刘国荣）

后曾担任过岭南大学农学院院长、华南农学院副院长，作为学生的卢永根曾经看过李沛文用这部小型放映机为他们放映考察台湾农业的纪录片。

高中的三年，是卢永根树立正确的人生观、世界观和价值观的重要时期，这时正值内地的解放战争时期，许多民主进步人士为了摆脱国民党迫害而纷纷移居香港，一时间，香港云集了许多知名人士。他们创办了各种民主进步书刊和书店，宣传中国共产党的主张，揭露国民党政府的反动和腐败。培侨中学里爱国和民主思想在这一时期非常活跃，师生中有不少进步知识分子，其中一些是由共产党领导的东江纵队北撤后复员的人员。就像萧野一样，他们很快发现了对革命热切向往的卢永根，并主动接近他，介绍他阅读进步书籍，邀请他出席一些进步团体举办的时事报告会。那些年，卢永根曾经亲耳聆听过郭沫若、茅盾和乔木（乔冠华）等大家的讲演，他们醍醐灌顶、令人折服的讲演就像一束束光照亮了卢永根求索的道路，为他指明了方向。

只有中国共产党才是祖国和中华民族的希望！

卢永根甚至开始畅想即将到来的明天，16岁的他，满怀激情地写了一首诗，发表在1947年《培侨生活》的第二期。

> 假如那么的一天到来哟
>
> 人人有田耕
>
> 人人有屋住
>
> 人人有饭吃
>
> 种地啊
>
> 用机器
>
> 交通啊
>
> 用飞机

没有剥削

没有压迫

假如那么的一天到来哟

人人有事做

人人是主人

人人有自由

由人民来管理一切

铲除一切独裁和黑暗的统治

被压迫的人民

都起来啊

假如那么的一天到来哟

人人有书读

人人都是诗人

都是音乐家

我们的生活啊

就是诗境

我们的语言啊

就是音乐

　　这首诗，字里行间对民生疾苦的关注，对美好生活的向往，跃然纸上。这种"先天下之忧而忧"的家国情怀，铺满卢永根一生的求索道路。如果说，那个时期少年的卢永根在对现实充满悲愤和对未来充满美好的憧憬之间追逐自我，那么，两年后19岁那年，他将完成他的归来。而这次归来，也是他人生中一次壮美的"逆行"。

一次，卢永根到九龙青山香港达德学院参加了一场大会，在去之前，他并不知道于子三这个名字，后来这位素不相识的爱国青年却给了他深刻的影响。

于子三，1925年出生在山东的一个小学教师家庭。1944年秋，抱着"农业救国"的理想考上迁到贵州的浙江大学农艺系。于子三读书刻苦，成绩优良，热心公众事务。1947年5月，当选浙大学生自治会主席。"五·二〇惨案"发生后，集中在南京的京沪苏杭的学生代表，组成了全国学联筹备委员会，于子三是倡议者之一，也是浙大与全国学联的联系人。在中共杭州地下组织的领导下，于子三带领浙大同学参加爱国民主运动，在斗争中逐渐成长为一名坚强的学生运动领袖。也因此，他引起了敌特的注意，被列入黑名单。

1947年10月，于子三接到一封校友来信，说要来杭参加新潮社社友的婚礼，并要于子三到车站迎接。然而，信件已被特务偷看，一张精心布置的网正在拉开。

于子三被秘密逮捕，国民党当局对他软硬兼施、刑讯逼供，但于子三宁死不屈，至死没有吐露半点秘密。他用生命和鲜血保卫了党的机密，保卫了进步组织和战友，表现了一个革命青年无限忠诚的崇高品质。1947年10月29日，于子三在狱中英勇牺牲，年仅23岁，此时，距离新中国成立只有两年的时间。

于子三的惨死震惊全国，中共地下组织在整个国统区掀起了反迫害运动，形成了全国性的学生运动新高潮，千万青年学生进一步觉醒，北平、天津、上海、南京等29个大中城市，15万名学生举行了声势浩大的罢课示威，抗议国民党的暴行，斗争持续四个半月，形成了全国规模的"于子三运动"。这次运动最重大的意义在于，它沉重打击了国民党的反动统治，有力支援了解放战争。

那一天，卢永根就是去参加控诉国民党迫害国内爱国青年学生罪行的大会，沉痛地悼念于子三烈士。听到声声血泪的控诉和阵阵慷慨激昂的发言，卢永根的心灵受到巨大震撼，响彻整个会场的"反饥饿、反内战"口号，令他的血液滚烫沸腾，卢永根流泪了！"国家兴亡，匹夫有责"，作为一个热血青年，谁能对祖国的命运袖手旁观？不推翻国民党的反动政权，读再多的书也没用。

正是这次大会，卢永根产生了激烈的思想斗争，他决心放弃安逸的生活，不惜中途辍学，像于子三一样做一名坚定的革命者。

在之后漫长的革命生涯中，卢永根时时怀念于子三烈士，他甚至觉得自己后来投身农业研究都是受了于子三"农业救国"的影响。

卢永根在学校里表现得更为积极、活跃，这一切都被当时潜伏在香港工作的地下党组织看在眼里，渐渐地，卢永根发现自己身边有许多像萧野老师这样的人，他们关心自己的思想变化，时常和自己谈理想谈人生谈新的社会制度，让他感受到了组织的力量。1947年12月，瞒着家庭和亲友，卢永根秘密加入党的外围地下组织"新民主主义青年同志会"。他的代号叫"平原"。

解放战争时期，为了积极开展工作又要防止当时的地下组织被破坏，党的外围组织都有不同的命名，北平进步艺术青年联盟、上海的报童近卫军、上海剧影工作者协会、成都的中华民族解放先锋队、香港的新民主主义青年同志会等，都是当时很有影响力的外围组织，他们的特点不同，但是方向是一致的，那就是号召人们反剥削，反压迫，让人们看到未来，看到希望。

卢永根就这样一点一点成长，一点一点靠近他毕生的信仰。一年多之后，1949年8月9日，他终于迎来了人生最光荣最神圣的时刻。

一个很小的房间，墙壁上挂着共产党党旗。

监誓人郑重地说："加入共产党，个人的一切包括生命都属于

1947年9月，卢永根在香港培侨中学学生自治会第四届干事就职典礼上讲话

党、属于人民，党和人民的利益高于一切，你是否要参加，请认真考虑！"

年仅19岁的他毫不犹豫地面向北方，庄严地、高高地举起了自己的右手。

为什么是北方？

因为那是延安的方向。

因为延安就是心中的太阳。

卢永根把入党这一天看作生日，新生命的开始。入党于1949年，新中国成立的年份，也就意味着自己的党龄与共和国同龄，这件事情让卢永根骄傲了一辈子。

入了党就是党的人，党让他去哪里就去哪里。当时组织考虑卢永根有三个去向：一是回内地打游击，那时华南已开辟了广阔的游击区；二是继续留港升学或工作；三是回内地升学。最终，党组织决定让卢永根回广州岭南大学升学，参加地下学联的工作，积极迎接广州解放。

当时，新中国即将成立，对时局无法做出判断的人们纷纷从内地逃往香港，再从香港逃往外国，很多富商巨贾费尽九牛二虎之力，只为得到一个"香港人"的身份。而就是在那样一个兵荒马乱的时期，拥有香港身份的卢永根却逆人流而行，告别香港，告别亲人，告别舒适的生活，作为地下党员奔赴广州。心有所信，方能远行，卢永根朝着祖国的方向坚定地迈开了他青春的脚步。

48年之后，1997年7月1日零点整，中华人民共和国国旗和香港特别行政区区旗在香港升起，经历了百年沧桑的香港回到祖国的怀抱。在那个永载世界史册的瞬间，在香港出生的卢永根百感交集、热泪盈眶："我今年60多岁了，为香港的回归整整盼望了半个世纪。"生于兵荒马乱之际，年少时目睹日寇暴行的卢永根，他的生命从一开始就打上了大时代的烙印。也因此，他对于民族独立、国家强盛、社会发展有着更加殷切的期盼。

2020年12月3日，在卢永根去世一年多之后，他被中共中央追授为"全国优秀共产党员"。人们有理由相信，那个当年向着延安的方向庄严宣誓的少年，完美成就了一生的追寻。

追授卢永根同志为"全国优秀共产党员"证书

我为什么要抛弃安逸的生活而回内地呢？是中国共产党指给我有意义的人生心路，只有社会主义祖国才是我安身立命的地方。

——卢永根

03

一腔热血

    1949年8月，卢永根来到了广州。他对于这座城市有一种与生俱来的亲切感。同根同源，同声同气，"老港"与"老广"之间，本来就有着不可分割的浓浓情感，千丝万缕，互融依存，血脉相连。更何况此刻走在羊城大街上的卢永根，他似乎已经能呼吸到新中国新鲜的空气，他甚至能感受到自己的根正热烈地深入这片土地，他要在这里大干一场，让生命之花在祖国绽放。卢永根在广州几乎待了一辈子，这座城市见证了他的政治激情、科学成就，还有爱情与亲情……

    1945年8月抗日战争胜利，国民党接收了广州。中国共产党在广州的活动随即转入地下。此后五年，在极其艰险的条件下，中国共产党在广州坚持革命斗争，卓有成效地开辟了"第二条战线"，迎来解放曙光。而青年学生运动就是"第二条战线"的先锋和主体。

    卢永根是"第二条战线"的骨干和学生精英，他的公开身份是岭南大学的学生。

刚刚到广州的卢永根，共产党员的身份还不能公开，他的上级领导陈文靖为了让他尽快适应新的环境，介绍了一些广州的青年朋友与他相识，他在这一时期认识了古永灼、胡景钊等人，他们有些是岭南大学的学生，有些是社会青年组织的成员。卢永根性格开朗，亲切健谈，很快就和大家熟络了，大家常常在一起喝茶谈时局，但对彼此的身份都讳莫如深。

此时的卢永根，只和陈文靖单线联系，还没有接上组织关系，他一度心里很着急，天天盼着组织给自己布置任务。终于有一天，陈文靖通知卢永根，上级组织会有人来和他接头，来人是"高山"，他是"平原"。很快，"高山"出现了，他是后来任广州团区工委书记的吕宝琅同志。吕宝琅同志带来了组织的指示，命令卢永根立足岭南大学，开展地下学联活动，迎接广州解放！

终于找到广州的党组织了，终于看到他的战友了！这个时候，卢永根才知道，早些时候陈文靖介绍他认识的大部分朋友都是地下党员，像古永灼、胡景钊，本来他们就投缘，如今终于可以并肩作战了。

岭南大学是一所在海内外有广泛影响的私立教会大学，收费昂贵，学生多为海外华侨和港澳同胞的子弟。这所大学创办于清光绪十四年（1888年），学校的发展几经波折，但无论在国内还是国际上的地位都是不容小觑的。1948年8月，陈序经接任校长一职，迅即将岭南大学的学术地位提升到一个新的境界。陈序经是著名的全盘西化论的倡导者，在海内外享有盛誉。他立意要将岭南大学打造成全国最优秀的学府。因此他在上任前即向清华大学、中央研究院、协和医学院等一流学术机构的知名学者发出邀请，聘请了明星级教授十多人。另外，陈序经又以个人的交情和魅力，请来陈寅恪、王力、梁方仲、

1950年2月，卢永根（左）与胡景钊（右）于岭南大学北校门码头，背景为
停泊珠江中的起义民生公司客轮

容庚几位人文学科的国宝级教授加盟，奠定了岭南大学在中国文史界中举足轻重的地位。连同陈序经本人在内，岭南大学优秀的师资，让战后的广东形成了人文荟萃、精英云集的局面，其盛况可谓一时无两。

卢永根就是在这个时候成为岭南大学的学生，他后来回忆起这段时间时说："同国民党的公立大学相比，政治和学术气氛都比较民主、自由，教学管理制度基本上沿用美国大学那一套。"他一生治学态度执着认真、一丝不苟、严谨精究，都得益于在岭南大学的学习生活。

这一时期的卢永根担任学校的党支部书记兼青年团总支书记，除了刻苦完成学业，他把所有的精力都用在了地下学联的工作中。广

1949年8月，卢永根考入岭南大学时摄，时年18岁

州解放初期，许多社会改革和政治运动（如扫荡地下钱庄、镇压反革命、"三反"、"五反"、控诉美帝文化侵略罪行和参加军干校等）都依靠和发动大学生参加，中共广州市委的许多决定都要通过地下学联贯彻执行。卢永根平日里工作很忙，既要上课，又要应付考试，可是卢永根政治热情高，又年轻力壮，经常通宵达旦，浑身似乎有使不完的劲。他每天意气风发，背着个挎包、骑着自行车穿梭在广州城，就有一种说不出来的喜悦！他看到了希望，为了这份希望，他热切地等待着；而对于他个人来说，就像理想的种子找到了生长的土壤，并且他不知道，悄悄生长的，还有属于他的爱情，这便是后话了。

1951年8月，岭南大学农学院团支部成员（前排左起：卢永根、肖俊铭、黄佩瑶、徐雪宾、吴秋雁）

1950年10月14日，岭南大学农学院师生庆祝广州市解放一周年的游行队伍（第二排左一持横额竹竿者为卢永根）

1949年10月14日，广州解放了！地下学联由"地下"转为"地上"，卢永根和他的同路人们无比振奋，他们赶制大标语、横幅、宣传画、彩旗，共同迎接解放军进城。

在一张庆祝广州市解放一周年游行的老照片中，当年的卢永根倚靠着横幅的旗杆，欣慰地笑着。

然而，那时的卢永根依然不能暴露自己的党员身份，因为他还有很多秘密工作要做。在新中国成立初期，广州还有一些国民党反动派安插的特务在暗中进行破坏活动，谁能想到，日后成为科学家的卢永根，青年时曾经也是一位优秀的地下革命工作者，他通过自己在一线工作中的调查，为党组织甄别特务做出了很大贡献。

打击地下钱庄，也是让卢永根和他当年的小伙伴们感到非常有成就感的一件事。新中国成立前，国民党的钞票天天贬值，老百姓不愿持有和使用，纷纷换成港币。于是，兑换港币的地下钱庄应运而生。

新中国成立后，这些钱庄又演变成兑换人民币、港币的交易场所。翻手为云覆手为雨，买入卖出大赚差价，老百姓形象地称之为"剃刀门楣"，意思是出又刮、入又刮。钱庄最多是在上下九路、中山路等一带，经营者在骑楼底或马路旁摆上一张桌子便可开档。为了稳定物价，广州市军管会决定取缔和打击金融黑市的活动，组织解放军、公安及部分大学生等有关人员共2000多人，一组三人，在全市组织突击扫荡活动。1949年12月5日上午9时前，进步大学生们化装成普通市民有组织地守候在各地下钱庄附近。9时正，全市统一行动，人人戴上军管会发的袖章，手持军管会的决定，宣读决定后，把钱庄所有钱币、算盘、资料等进行封存，接着挂上红旗标志，军管会的吉普车开来，逐一收缴，带回军管会进行处理。这次行动，仅用半小时，就顺利完成，解决了国民党长期无法解决的问题。从此，人民币的威信大大提高，物价稳定，老百姓个个拍掌称快，卢永根和亲身参与"战斗"的同学们都掩饰不住内心胜利的欢欣。

在以后的漫长岁月中，卢永根只要想起那些在岭南大学和年轻的小伙伴们并肩作战的日子，就会热血沸腾、心潮难平，对于在那段时间与自己有过工作交集的年轻革命人，在卢永根心里，他们分量会格外重一些，王屏山就是其中的一位。

被誉为"中国民办教育事业的先行者和开拓者、杰出的人民教育家"的王屏山，于1926年8月出生在福建省福州市，和卢永根有着完全不同的身世和教育背景，而他们的交集正是在革命气息浓郁的岭南大学。1948年王屏山毕业于厦门大学机电系，1948—1951年在岭南大学物理系攻读研究生并任助教。1949年6月参加党组织领导的广州地下学联，1951年1月加入中国共产党，是共同的信仰和地下学联的宝贵历练，让他们二人后来成为知己。

在岭南大学时期，认识的人都习惯叫他王屏，觉得这样称呼更加亲切。卢永根是广州解放后才认识王屏山的,那时他是岭南大学物理系研究生,卢永根是农艺系一年级学生。因为地下学联和"新民主主义青年团"的工作关系,让他们生活和战斗在一起。

由于绝大多数学生出身于富裕家庭,经济条件较好,当时岭南大学有"贵族学校"之称。那时学生的穿着都比较西化和时尚,不少女生穿"妹仔装"(上穿唐装大衿衫,下穿窄裤管牛仔裤),不少男生西装革履。一些红男绿女同骑一辆自行车在校园内"横冲直撞"。美国生活方式盛行,跳舞和谈恋爱蔚然成风。在这样一个校园和这样的风气中,出身贫寒的王屏山衣着和表现都显得特别与众不同。

王屏山出身贫苦,家里的生活全靠他的父亲挑担过街卖酱油支撑起来,而他靠刻苦努力和助学金才完成国立厦门大学机电系的学业。毕业后王屏山考上岭南大学物理系的研究生,学校有助教制度,可以一边当研究生,一边兼任助教。靠着学校发的津贴,他的生活费和学费才得以解决。卢永根记得他那时身穿米黄色的布中山装,头发不大梳理,脚踏一双圆头布鞋,手表也没有一个。他不会唱歌跳舞,更没有"追女仔"(广州方言,即谈恋爱),活像一个"乡巴佬",当时有人戏称他是"一旧饭"(广州方言,即土气和不够机灵)。

王屏山很快接受进步思想,参加共产党的外围组织地下学联。广州解放时岭南大学有近40名地下学联成员,他是其中的骨干,组织一贯对他十分信任和重用。卢永根参加地下学联的工作后,即与蔡耘耕(文炯)、王屏山一起组成三人领导核心,卢永根与王屏山也从此开始了他们长达半个世纪的革命友谊。

党组织要在岭南大学发展党员,首先在地下学联成员中挑选和培养。由于绝大多数成员非劳动人民家庭出身,且有较复杂的"海外关系",加上当时过分强调家庭出身成分,把不少优秀的地下学联成员骨干拒之于门外。他们中许多人都是很久以后才被吸收入党的。但是王屏山出身贫苦家庭，革命热情高涨，组织分配了已经有两年党龄的卢永根与蔡耘耕一起负责对他培养。这让卢永根有机会更加近距离地接触和了解这个志向远大的年轻伙伴。王屏山对人坦诚，平易近人，组织观念强且组织能力强。当时他们负责学校的青年工作，许多团员有"思想问题"时都乐意找王屏山老师交谈。为了解决经济上的困难，在学校的安排下，王屏山在岭南大学附属中学担任兼职物理课教师，同时负责指导附中团支部工作。他的物理课不仅受到中学生们的欢迎，同学们更愿意听他讲时事和未来，讲理想和人生。看着王屏山在学生中威信很高，卢永根悄悄为他高兴，那个时候，他们都没有意识到，这是王屏山成长为教育家的开端，而他们之间的故事也才刚刚开始。

随着新中国政治环境趋于稳定，卢永根的党员身份得以公开，他生活的重心开始从学联工作转移到学业上来，他更加专注地做一名快乐的大学生，学校的不同领域里都有他活跃的身影。篮球场上，他疾若飙风；文艺舞台上，他唱歌、跳舞、演话剧样样优秀。多年以后，卢永根读到了王蒙在19岁时写的小说《青春万岁》，他如痴如醉，仿佛王蒙还原的就是自己的生活。那些鲜明的时代色彩和浓郁的青春气息，那些不断探索的精神和昂扬向上的斗志，那正是如诗似歌的青春热情！

> 所有的日子，所有的日子都来吧，
> 让我编织你们，用青春的金线
> 和幸福的璎珞，编织你们。
> 有那小船上的歌笑，月下校园的欢舞，
> 细雨蒙蒙里踏青，初雪的早晨行军，
> 还有热烈的争论，跃动的、温暖的心……

1951年6月30日，在岭南大学全校运动会上的合影（后排左二为卢永根）

1951年8月5日，卢永根在岭南大学团总支大会上作报告

是转眼过去了的日子，也是充满遐想的日子，

纷纷的心愿迷离，像春天的雨，

我们有时间，有力量，有燃烧的信念，

我们渴望生活，渴望在天上飞。

是单纯的日子，也是多变的日子，

浩大的世界，样样叫我们好惊奇，

从来都兴高采烈，从来不淡漠，

眼泪，欢笑，深思，全是第一次。

所有的日子都去吧，都去吧，

在生活中我快乐地向前，

多沉重的担子，我不会发软，

多严峻的战斗，我不会丢脸；

有一天，擦完了枪，擦完了机器，擦完了汗，

我想念你们，招呼你们，

并且怀着骄傲，注视你们。

——摘自王蒙小说《青春万岁》

卢永根深深为他们的胆识和力量感动，他们心里有坚定的信念——相信祖国，相信自己，相信祖国在自己的努力下会变得更加美好！

把青春献给社会主义祖国！

——卢永根

04

一往情深

　　从香港到广州，从"地下"到"地上"，从中学生活到大学生活，卢永根的日子好像每一天都在发生着变化，他以最大的热情投入到火热的生活中。卢永根的大学生活可以说被分成了两个部分，上半部分在岭南大学。1952年年底，全国高等院校进行调整，曾经是国内著名学府的岭南大学结束了60多年曲折而光辉的教育道路。岭南大学的康乐校园变成了中山大学的校园，原有的课程或科系并入广州其他院校。由中山大学农学院、岭南大学农学院和广西大学农学院畜牧兽医系及病虫害系的一部分合并成立华南农学院，隶属农业部主管，毛泽东亲笔题写了校名。卢永根当年正是听从了组织的安排，进入华农学习，成为华农首届毕业生。后来，这段经历让卢永根感到无比骄傲，他说，他和他的同学们大都经历过抗日战争时期颠沛流离的苦难，目睹旧政府的腐败无能，因此以渴望黎明的心情欢呼新中国成

毛泽东亲笔题写校名

立。在之后50多年的发展道路上，他们是历史的见证者。他们有过欢乐，也有过困惑、委屈、悲伤和痛苦。他们没有退缩或躺下，而是默默地在自己的岗位上耕耘，坚定地挺了过来，终于迎来了改革开放的春天。他们热爱自己的国家和民族，有强烈的使命感和社会责任感，爱岗敬业，在自己的岗位上为人民作出了应有的贡献。

华农承载了卢永根太多的情感，最让他感到幸运的是，在不经意之间，爱情来到了自己的身边。不知从哪一天开始，他发现自己被一个姑娘吸引着，而他也能感受到姑娘的目光时时在注视着自己。

这个广州姑娘叫徐雪宾，她就像她的名字一样，冰雪聪明，不娇俏不艳丽，但纯洁纯真，爱慕虚荣这四个字在她身上找不到半点影子。她留着那个时代女学生最时尚的刘胡兰式的发型，喜欢穿白色的衬衣，领口大方地打开着，露出细长的脖子。她个子不高，却像个小宇宙一样能量无穷，她也是一名学生党员骨干，她有着这个年龄的女孩子身上少有的执着与冷静，无论是平日里学生干部们开会商议还是在游行的队伍中，她都显得信念坚定，一往无前。

> 生命诚可贵，
>
> 爱情价更高，
>
> 若为自由故，
>
> 二者皆可抛。

匈牙利诗人裴多菲的这首诗，是卢永根的挚爱，包含了对爱情的忠贞，又意味着对信仰的执着，他把它抄写在自己的笔记本中，反复品味，并在品味中畅想着属于自己的爱情。当某一天，他的目光终于迎接到她的目光，他感受到内心捕捉到一抹明亮温暖的色彩，缠缠绕绕挥之不去，他确定自己等的人来了。

爱情就是这样一种美妙的感觉，是相互之间无形地吸引、心灵之间有力地碰撞，不知从哪一天开始，徐雪宾内心也有了这样美妙的感觉。这个叫卢永根的香港仔就像是一团火，他勇敢顽强，无论是打击地下钱庄行动还是学生游行，他总是冲锋在前；他阳光健康，篮球场上总能见到他矫健的身影；他多才多艺，在话剧舞台上光彩夺目。徐雪宾喜欢保尔·柯察金的小说《钢铁是怎样炼成的》，那一天，当她在台下听到卢永根在朗诵保尔·柯察金的名句，她激动得热泪盈眶。

> 人最宝贵的是生命，生命对人来说只有一次，因而人的一生应当这样度过：当他回首往事时，不因虚度年华而悔恨，也不因碌碌无为而羞愧。这样在他临死的时候才能够说，我把整个生命和全部精力都献给了世上最宝贵的事业——为人类的解放而奋斗。

徐雪宾感受到了她和卢永根共同的信仰、理想和追求，她希望和这样一个人携手奋斗！

　　每个年代的爱情，都有各自的历史痕迹。在那个新中国刚刚成立不久的夏天，卢永根骑着辆自行车气喘吁吁来到徐雪宾面前，送给她一件礼物。这是一条漂亮的裙子，徐雪宾含羞收下了，两张青春的脸庞上闪耀着不可言说的依恋，他们在彼此的目光中看到了爱情。

　　徐雪宾一直都认为，真正让她和卢永根走到一起的是他们对共产主义信仰的执着追求。卢永根从入党那一天起，就把入党的日子当成了自己的生日，是新生命的开始。徐雪宾深受感动，每年的这一天，他们都在一起庆祝这个节日。1957年8月9日，徐雪宾给了卢永根一个巨大的欢喜——"我答应你，我们结婚吧。"

1955年9月，卢永根与徐雪宾在广州确认为爱人关系后合照

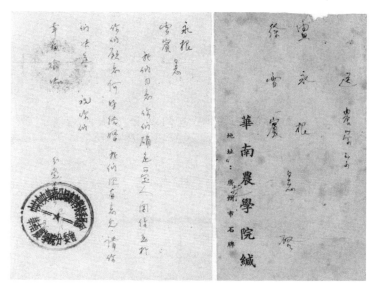

1955年3月15日，中共中央华南分局高等学校委员会华南农学院分委会同意卢永根和徐雪宾二人确定为爱人关系的批复函及封面

　　从此，他们再也没有分开。

　　卢永根和徐雪宾在1957年的国庆节结婚，他们参加了华农的一场集体婚礼。几十年后，徐雪宾回忆起当天的情景，心里充满了幸福和骄傲，她说："三对新人，我们六个人全部都是共产党员。"

我们的生活就是诗境；我们的语言就是音乐。

——卢永根

05

一脉相承

    不知道是因为自己名字中的那个"根"字本身含有土地对他的召唤，还是学生时代受于子三农业救国理念的影响，或是服从组织的安排，卢永根在众多的学业方向中选择了农业，来到了华农。卢永根深深感激上天的眷顾，和他一起来到华农的还有他未来的妻子徐雪宾。

    卢永根进入华农后的一切生活，要从一个人说起，他是农学家、"中国稻作之父"——丁颖。

    丁颖是广东茂名人，曾经留学日本东京帝国大学农学部，1955年被选聘为中国科学院学部委员（院士），是新中国最早的院士之一。丁颖致力于运用生态学观点对稻种的起源、演变和分类，稻作区域划分、农家品种系统选育，以及栽培技术等进行较系统的研究。他将中国稻作区域划分为地域分明、种性清楚的6个稻作带，并指出温度是决定稻作分布的最主要生态因子指标，对指导生产有重要作用。他在国际上首次将野生稻抗御恶劣环境的种质转育到栽培稻种中，育成的"中山1号"在生产上应用达半个世纪之久，选育水稻优良品种60多个，创立了水稻品种多型性理论，为品种选育、良种繁育和品种提纯复壮工作奠定了理论基础。

丁颖出身于一个普通农民家庭，自私塾童蒙书馆考上县城的"洋学堂"——高州中学后，他参加了"新高学社"，曾不时议论时政，立志科学救国。他曾经三度赴日本留学，在东京帝国大学农学部攻读农艺，成为该校第一位研修稻作学的中国留学生。

回国之后，他曾经拿出自己的积蓄用于稻作研究，选育优良稻种，改进栽培技术，为华南粮食生产作出贡献。

1938年，日军侵入广州，丁颖冒着生命危险抢运稻种和甘薯苗。法国科学家巴斯德曾经说："科学无国界，科学家有祖国。"丁颖教授永远把祖国利益放在个人利益的前面，这样的家国情怀深深打动并影响着卢永根。

卢永根非常珍惜自己能够结识丁颖教授的机会，他痴迷于丁颖的专业补充课，主要内容是中国栽培稻种的起源演变和中国稻作区域划分，这位农学大家慈祥的面孔和渊博的学识，深深吸引了卢永根，卢永根开始对水稻产生了兴趣。

1953年8月，卢永根完成了他的大学学业。当时大学毕业生都服从国家统一分配，主动争取到最艰苦和祖国最需要的地方去。卢永根填写的第一志愿是到海南岛发展橡胶，广州市团委则想把他调去当学生工作部部长，但组织最终决定让他留校工作，分配他担任作物遗传育种学的助教。于是，卢永根和他敬重的丁颖教授一样，成为既要教学，又要从事科研的科教工作者。

留校工作之后，卢永根和丁颖在工作上有了更多交集，除了在学院的教学和科研工作之外，他们还是华农仅有的两位广州市人大代

1953年3月，华农1953届（首届）毕业班同学摄于校园（后排右二为卢永根、前排右一为胡漠）

表，经常要一起去参加会议。热情善谈的卢永根经常搭老师的"顺风车"，两个人越来越熟悉和相互认可。丁颖比卢永根大整整42岁，年龄比卢永根的父亲还要大，但是两人却是真正的忘年交。在学术上，丁颖一直是卢永根的领路人，他帮助卢永根确定了终身的科学研究方向。在政治上，卢永根越来越强烈地希望能影响自己的恩师。

1955年，在北京农业大学进修的卢永根给丁颖写了一封信："像您这样先进的科学家早就应该成为共产党内的一员了。""学术上，您是我的老师，是我的领路人，但在政治上，我是先行者，是进步青年，我要告诉您中国共产党的伟大信仰。"

卢永根回忆起香港沦陷时，自己被父亲送回乡下避难。在乡下时，目睹日军凶残，也体会到战争对人民生活的影响，他的民族意识开始觉醒。在乡下待了将近两年之后，他返回香港读中学，碰到了思想进步的老师，并受其影响和教育，他在新中国成立前夕加入了香港的中共地下组织。入党后，他在党组织的安排下，回到内地的岭南大学读书和从事革命工作，迎接广州解放，不断成长为一名坚定的马克思主义者。

卢永根的信给老科学家丁颖带来了极大的心灵震撼，他想起了19世纪末到20世纪20年代的中国农村是一片穷苦饥荒的景象，在帝国主义和封建主义的双重压迫下，农村经济破产，民不聊生，衣食不足是一个十分严重的问题，仅广东一省，平均每年进口洋米达740余万担，最多的年份达1700余万担。年轻的丁颖对旧社会十分不满。中学毕业后，恰逢倡导三民主义的孙中山为首领导的辛亥革命成功，他抱着很大的希望考上公费留学日本。但在日本留学期间，国内民穷财尽，日本军阀抱有吞并中国的野心。卢永根说的一切，丁颖感同身受，自己在国破家亡面前也曾经有过这样迷茫和苦苦的思索，他也曾经在黑暗中努力寻找那一道红色的光亮。强烈的爱国主义思想和民族自尊心，他形成了科学救国的思想，这是丁颖回国工作的动力，而在20多年的稻作研究工作中，他越来越深刻地思考科学和政治的关系，事实证明了脱离政治的科学救国之路是行不通的，卢永根的这封信，以及由此开始他们关于科学与政治的热烈讨论，让两颗本来就距离很近的心更加近了。

他们有了更多的共同语言，丁颖回信说："中国在上个世纪，为了摆脱贫穷落后的局面，先后进行过学习日本以政治改良为主的维新变法，进行过以兴办实业为主的洋务运动，进行过像义和团和太平天国这样自发的农民运动，也进行过资产阶级推翻封建主义的辛亥革命，但是中国并没有走向富强、民主、进步，而是陷入了日本帝国主义和其他列强的入侵和掠夺。"

实践证明只有社会主义才能够挽救中国，只有社会主义才能够建设中国。卢永根为能和老师有如此深入的交谈和碰撞感到高兴，可是丁颖教授觉得自己年纪太大，又出身旧社会，怕条件不具备。

不久，丁颖去北京参加中国农业科学院的筹建工作，因病住进医院留医。这天，得知消息的卢永根心里非常挂念，下了课便急匆匆赶往医院看望，路上他买了一张当日《北京日报》，巧的是，这天的报纸上发表了清华大学刘仙洲教授以65岁高龄加入中国共产党的消息，并同时刊登了蒋南翔的文章《共产党是先进科学家的光荣归宿》。

卢永根情绪激动地拿着这张报纸冲进了丁颖的病房！

共产党是先进科学家的光荣归宿！

丁颖看了这篇文章，眼里满含激动的光芒，身上的病似乎全好了。卢永根完全理解老师此时的心情，他离开病房之后第一时间把情况转知学院党委。

就这样，1956年，有着"中国稻作之父"之称的著名农学家丁颖以68岁高龄加入了中国共产党，这在当时全国高级知识分子中引起了极大反响。从此，师徒二人成为志同道合的革命同志。

1957年，丁颖成为中国农科院首任院长，离开广州去了北京。1961年8月，中央决定为老专家配备科研助手，丁颖力排众议，在众多的年轻学者中坚持选择了昔日的学生卢永根，卢永根在证实这个消息后百感交集。

此时的卢永根正在经历着他回到内地之后的第一次大的磨难。这意想不到的磨难源于卢永根在北京农业大学进修的两年间发生的事。

1955—1957年，教育部在北京农业大学举办作物遗传育种进修班，聘请苏联专家讲课，由全国各农业院校派年轻教师参加，为期两

1957年3月27日，苏联专家费·米·普罗茨柯夫与作物选种进修班全体合影留念（前排右五为普罗茨柯夫，右六为蔡旭，右四为陈秀夫，右一为卢永根）

年，卢永根凭借出色的学习能力和业务能力被学校选派参加，到了研修班又被选为班长。

当时正值新中国和苏联两国关系的蜜月期，各行各业大力提倡学习苏联，农业战线几乎一边倒地学习"先进的"米丘林遗传学，批判"反动的""唯心的"摩尔根遗传学。当然，也有头脑清醒的科学家，北京农业大学就有两位全国知名、坚持摩尔根遗传学观点和"屡批不改"的教授，一位是杂交玉米育种专家李竞雄；另一位是植物多倍体专家鲍文奎。每天上午，卢永根都看到李教授身穿白色的工作围裙，带着镊子、剪刀、纸牌和纸袋，一个人默默地在玉米试验地上去雄、授粉和套袋，也没有人理睬他和协助他，他的敬业精神使卢永根深受感动。卢永根当时是进修班的班长，他认为科学不应该只有一种声音，于是决定请李竞雄、鲍文奎两位教授给大家上专题课。两位教授都鲜明地坚持自己的学术观点，讲述的内容十分充实和令人信服。

多年以后，卢永根回忆道："鲍先生给我影响最深的有三点，他提出：（1）试验材料必须是遗传上纯合的，能真实遗传的；（2）试验对照必须是严密和客观的；（3）试验数据必须是有代表性和可靠的，应经过数理分析判断。这些观点对我以后的研究工作产生了深远的影响。我以这些观点来考察当时《苏联农业科学》上刊登的许多文章，试验个体少，试验材料不可靠，对照不严密，数据只得平均数，是不科学和不能令人信服的，这使我对植物无性杂种产生怀疑。"

在关于遗传学的米丘林学派和摩尔根学派之争出现之后，崇尚独立思考的卢永根更倾向摩尔根学派，他认为对作物的引种和栽培，米丘林学说有一定的指导意义，但摩尔根遗传学和生物统计学才是作物育种工作的理论基础。这原本只是学术之争，可是在一切学习苏联和"一边倒"的年代，苏联采用政治决断来替代学术争鸣。1957年反右派运动开始后，卢永根曾在北京农业大学"整风"座谈会上讲过的这些话，被作为"右派"言论给"揭露"出来，并转回原单位的党委。极左的同事们批判他"反对学习苏联"，是"披着米丘林的外衣，干着'反动的''唯心的'摩尔根的勾当"。卢永根那年是年仅27岁的青年助教，却成为了全校大批判的"靶子"，最后还背了个留党察看一年的处分。这让一向积极向上、对党忠诚的卢永根陷入深深的苦恼中。

自得知卢永根的情况后，丁颖既震惊又生气："我不相信卢永根会反党、反社会主义。他同其他人的看法相反，那是因为他有自己独立的见地，这是难能可贵的科学精神。"

事实上，丁颖最看重的就是卢永根的科学精神。因为丁颖自己就是秉承着这样的精神独立思考的人，在全国各行各业学习苏联情况下，面对清一色的苏联农业教材，他勇敢地提出，不能脱离中国实际，不要全盘照搬苏联那一套。他不辞辛劳，查阅古农书，汲取系统农业的精华；向农民请教，结合自己和同行的研究成果，撰写并主编了《中国水稻栽培学》，普遍为农科院校和农科研究人员采用。

这就不难理解为什么丁颖选择了卢永根。

丁颖不理会周围人的冷言冷语，像过去一样满腔热情地把卢永根约到自己的寓所交谈，关心他的学术研究，关心他的家庭生活，丁颖的信任给卢永根无限的温暖和莫大的鼓舞。

"真是知我者，唯丁颖老师也。"

卢永根没有想到中央能批准丁颖院士的决定，让自己担任助手这份重要的工作。他明白，这样的知遇之恩不仅让他走出难以想象的低谷，而且让他在学术上拥有一次宝贵的成长机会，"从此，我在水稻遗传育种研究领域算是正式走上了'不归路'，我很幸运"。

师恩重如山。丁颖即使是担着风险也要为卢永根打开一扇通往理想的大门，卢永根永志不忘。他带着这份温暖和力量，暂别新婚妻子徐雪宾，只身奔赴北京。从此，同恩师形影不离地生活、工作在一起，在科研上做他的助手，在生活上和行政上当他的秘书。直到1964年10月丁颖逝世。

卢永根曾参与"中国水稻品种光温条件反应研究"等诸多科研项目，随丁颖考察过各地的水稻品种、性状、栽培方法，并收集到各地不同的稻种。这些积累，成为我国水稻遗传育种重要的基础性资源。跟随着恩师，卢永根跑遍了全国的稻区，亲聆他的许多教诲，从他身上得到了许多教益。

卢永根曾经撰文总结自己从恩师身上得到的教诲和教益：

一是他具有火一般的学习热情。真正做到老、活到老、学到老，对自己的成就永不满足。

二是他淡泊明志，勤恳敬业。生活俭朴，学农爱农，献身农业，

1962年8月，水稻生态室筹建期间主要人员合影（后排右五为丁颖院士、右三为吴灼年、左四为梁光商、右四为卢永根）

除了一大堆书籍，身后什么财物都没有留下。

三是他一丝不苟，虚怀若谷。每一篇论文发表前，总要反复修改，逐字推敲，一个标点符号也不放过。

这一切，卢永根都看在眼里、记在心头。

丁颖教授的为人处世之道更是让卢永根在感动、感悟中成长，他希望自己将来能成为恩师那样的人，卢永根后来自己带学生和助手，常常回忆起丁颖教授的感人故事。

在华农工作期间，时任广东省委书记陶铸常到丁颖家去拜访，向丁颖征询发展广东农业生产的意见，见他生活简陋，提出要为他另建

1963年8月，卢永根（右三）随丁颖院士（左三）在宁夏引黄灌区考察水稻

新居，以改善工作和生活条件。丁颖坚决谢绝。

新中国成立前他的女儿希望考上公立中学以减轻家庭负担，那所学校的校长是他的学生，但是丁颖觉得女儿应该凭自己的本事去考试，不答应写介绍信，为女儿开辟捷径。新中国成立后另一个女儿报考华农，差2分未上录取分数线，他坚持一视同仁，不予特殊照顾。抗美援朝战争爆发后，他毅然送两个女儿参军。

丁颖院士一贯生活朴素，勤俭节约。抗战期间，乐观风趣的他以红米营养价值高、萝卜干维生素含量丰富为由，教育孩子们过清茶淡饭的生活。每当桌上丢落饭粒，就成为他开展"谁知盘中餐，粒粒皆辛苦"的教育话题。

中国农业科学院坐落在北京偏远郊区，距市区很远，当年交通不发达，单位内部仅有院领导进出市里办公的小车，全院职工、家属出

1984年12月3日，在丁颖教授逝世二十周年纪念会上合影（前排右二为卢永根）

入十分困难。丁院长公务在身，需要频频去市里开会，他关心群众，常常提前发出预告，告知大家某日某时去市里办公，欢迎有公务出差或看病、办事的同事来搭乘便车，一同前往。多年如此，成为惯例。与丁颖共事的人，谈起来记忆犹新，无不动容、缅怀。

丁颖爱惜公物已成习惯，在实验地发现丢下的一把镰刀、一根麻绳都要——拾起来送仓库，甚至连一些旧纸、信封也要收拾起来再用。中山大学迁校到粤北期间，他是农学院院长，经常夹着鼓鼓囊囊的公文包来往于农学院与校本部之间的山区。一次遭到土匪拦路打劫，当时广东省政府还为此赔偿损失，他分文不留，如数交给农学院购买兽药为农民防治牛瘟。据说他的清廉作风和为农民造福的高贵品德，令匪徒深受感动，自觉把抢劫之衣物附上道歉信寄还给他。这在当年被传为一段佳话。

1948年，他的学生们集款购买一只怀表和一支自来水笔送给他作为六十大寿的生日礼物，他一直使用到1964年去世，这成为他身上贵重的遗物。

这些都是卢永根说起自己的恩师时津津乐道的故事，久而久之，他身边的人都熟悉了。而事实上，卢永根的学生们在这些故事中很清晰地看到了卢永根的影子，他对待科学、对待人才、对待子女、对待个人生活的态度，与丁颖一样。

1964年，丁颖院士去世了。

虽然在恩师最后的日子里，卢永根一直陪伴在老师的身边，但是老师的离世还是让他悲痛万分，那些日子他常常对着老师留下的那些用生命找寻和保护的野生稻种发呆，每一粒稻种似乎都那么厚重地讲述着它们的来由和故事。1938年，日本军队已经在大鹏湾登陆，快进入广州，在中山大学准备撤退的紧急时刻，丁颖教授危急中不忘把500多个品系的甘薯苗收起，把400多个水稻品种包装好，乘最后一班船撤退。前往云南途中，他还安排好在罗定县种下甘薯苗，在信宜县种下水稻品种。1940年，学校在粤北坪石，又面临日本军队沿铁路的入侵，他首先想到的不是自己的安危，而是书籍、资料、稻种的安全。在离开前，他先把资料书籍分散藏到农民家，又到乳源品种繁育场转移水稻品种。

桩桩件件，都是老师留下的财富，这份财富属于国家，它需要我们用生命去传承！本可留在条件较为优越的中国农科院的卢永根，坚定地选择回到华南农业大学做一名普通教师，原因很简单，他爱广州，他一直都认为广州是一个离自己理想最近的地方。更重要的是，在这里有丁颖教授毕生为之努力的华南地区最大的野生水稻基因库，7000多份野生稻谷的种子是国家的无价之宝，并且此时的广州不仅有他深爱的妻子徐雪宾，还有他们的女儿。1959年，他们唯一的女儿出

生在广州中山医科大学附属第一医院，夫妇俩给襁褓中的女儿取名
"红丁"，即丁颖的"丁"。

1965年，卢永根回到广州后，被安排负责主持总结丁颖教授未完
成的工作。1976年，卢永根参加撰写《中国水稻品种的光温生态》，
并于1978年获全国科学大会奖。在水稻遗传资源、水稻半矮生性、雄
性不育性、杂种不育性与亲和性等方面的遗传研究，也取得了很大进
展。他提出水稻"特异亲和基因"的新学术观点以及应用"特异亲和
基因"克服籼粳亚种间不育性的设想，被业界认为是对栽培稻杂种不
育性和亲和性比较完整和系统的新认识，在理论上有所创新，对水稻
育种实践具有指导意义。

这之后，几次难得的好机会摆在面前，卢永根做出的是同样的选
择，留在华南农业大学坚守，坚持恩师丁颖未竟的事业，从事稻种种
质资源收集、保护与创新利用以及水稻遗传学和细胞生物学等基础性
研究工作，取得一系列重要成果，他带着学生，悉心保护着7000多份

2000年12月3日，卢永根（右三）同他的五位得意门生，他们全部为博士、教授、
博士生导师，其中刘耀光（右二）、严小龙（右一）为长江学者特聘教授，张桂权
（左三）为珠江学者特聘教授

水稻种质资源，后来逐渐扩充到1万多份水稻种质资源，成为我国水稻种质资源收集、保护、研究和利用的重要宝库之一。

卢永根接过恩师的接力棒，潜心野生水稻的研究，从身强力壮的年轻小伙子，直到变成了头发花白但精神矍铄的老人，他从来没有将这样一份关系到世代民生的科研工作放弃，而是传承并发展。在卢永根的感召下，有很多年轻人学成归国、扎根故土。当中就有知名学者、2017年新当选的中国科学院生命科学和医学学部的院士刘耀光，当年受教于卢永根，到日本留学，毕业后留在日本工作多年，生活优越。但在卢永根的书信邀请和感召下，他于1996年回到华农，潜心科研，发出了杂交水稻育性发育分子基础研究的"中国声音"。可以说，卢永根的爱国情怀，在一定程度上成就了刘耀光院士，也成就了"一门三院士"的学术界的佳话。

一个学者，如果把自己的命运和祖国的命运、人民的命运联系在一起，不满足现状，立志通过自己的努力让祖国更加强大、人民更加幸福、让世界变得更加美好，这种危机感、责任感和使命感一定会转化成为工作中一种持久的动力和不倦的斗志。

——卢永根

06
一望无垠

我深深地爱着你

这片多情的土地

我踏过的路径上

阵阵花香鸟语

我耕耘过的田野上

一层层金黄翠绿

......

《多情的土地》是卢永根特别喜爱的一首歌，它唱出了这位农学家对土地的爱恋，"学农、爱农、务农""为农夫温饱尽责尽力"，是卢永根在恩师丁颖那里传承而来的一种精神和誓言。卢永根的梦想是，把农民的疾苦放在心上，通过身体力行和言传身教，把这一种精神继承下来，发扬下去。

"在广袤的土地上，农民的生活有太多的艰辛，看天吃饭，如何提高水稻的育种品质？"

这是卢永根毕生科研的命题。他致力于水稻的遗传育种研究，在水稻遗传资源等领域取得了突破性进展。这个领域的理论性研究曾经很缺乏，基础研究又很难出成果，卢永根却选择啃下这块"硬骨头"。

正是因为这份使命和担当，他传承了丁颖院士留下的7000多份的稻种资源（又称"丁氏稻种资源"），并带领团队持续地、特别广泛地收集野生稻资源，将"丁氏稻种资源"扩充到1万多份，成为水稻遗传育种资源的重要宝库之一。为了保护这些重要资源，他负责建设了华南农业大学稻属种质资源保护基地，该基地目前成为华南农业大学亚热带农业生物资源保护与利用国家重点实验室的四大资源圃之一，为水稻遗传育种和分子生物学研究提供重要材料。

北至漠河、西至伊犁、南至海南，所有可能长野生水稻的地方，都留下了卢永根的足迹。在一张老照片上，卢永根一手拄着拐杖，一手扶着树，在野生稻旁笑得格外开心。这笑容里有他对野生稻的爱，也有不辞万难的执着。每一分物种资源的收集，都充满艰辛甚至还有危险。卢永根为了得到珍贵的野生稻资源，他和同事、学生一起，跑遍了广东、海南和江西的多个地方。由于野生稻生长的地方一般比较偏远，要么在山区，要么是荒芜的沼泽地，收集起来十分困难，但卢永根从不放弃，这份坚持不是一年，不是十年，而是一辈子。

"真诚的科学工作者，就是真诚的劳动者。"这是卢永根的恩师的座右铭，后来一直都是卢永根带领团队坚守在农业科学第一线的行动指南。他的许多学生都记得这样一次难忘的经历。有一次，已经70多岁高龄的卢永根带队去清远佛冈一座荒山的山顶采集野生稻，爬到半山腰，卢永根已经体力不支，但他仍然坚持要上山。他和学生们

2001年10月7日，卢永根在广东省佛冈县龙山镇涾镇村大石鼓岭考察普通野生稻

回忆起恩师丁颖晚年的拼劲：用"蚂蚁爬行"的方式，和"苦干到150岁"的决心，"以冷静的头脑，热烈的心情，坚决的意志，而摆脱一切，遄赴农村"。学生们拗不过他，只好连挽带扶架着他慢慢往上爬，山路崎岖陡峭、木石穿道，一路辛苦异常。好不容易才爬到山顶，大家都累坏了，学生们也想让他先歇一歇，他却坚定地说："找！赶紧找！"

幸运的是最终找到了宝贵的野生稻。亲眼见到野生稻的生长环境，已经疲累至极的卢永根异常激动："还好上来，不然就错过了！"他俯下身紧紧地握着稻穗对学生们说："作为一个农业科学家，你必须把根深深扎在泥土里，一定要亲自察看现场，不能遗漏一丝一毫的细节。"像这样的往事，贯穿在卢永根的整个教学实践中，其严谨求实的学风润物细无声地影响了一代又一代的学生。

"科学没有平坦的大道，只有不畏艰辛勇于攀登的人，才有希望

中国科学院院士卢永根（左三）和国家重点学科作物遗传育种团队在野生稻培育基地讨论学术问题

登上光辉的顶峰"，这是卢永根一生恪守的原则，也是他经常向学生念兹在兹的训诫。

正是凭借这几十年不间断的努力，卢永根在丁颖时代7000多份稻种资源的基础上，又收集到2000多份野生稻，这些资源不仅可以作为水稻育种的重要基因来源，还可以作为研究栽培水稻起源、功能基因分化的重要材料。至今，这些资源先后无偿提供给国内外30多个单位开展研究，数量超过12000份次，接受单位结合其他相关研究，取得重要成果。

卢永根在学术道路上的追求永无止境，他带领团队利用已经掌握的宝贵的资源，开展一系列研究，创建了一大批同源四倍体水稻的新种质，在野生稻中发掘携带有籼粳杂种花粉育性的"中性基因"和胚囊广亲和基因的新材料。这些材料为水稻育种，特别是多倍体育种提供重要的物质基础。

　　水稻具有两个亚种，即籼稻和粳稻，籼稻和粳稻杂交具有强大的杂种优势，但育性普遍偏低，产量优势难以发挥，所以，生产上无法直接应用。从20世纪80年代末到90年代初，卢永根带领他的博士生张桂权研究籼粳杂种不育的遗传问题，利用花粉不育基因近等基因系的特殊遗传材料，突破了过去一直以小穗育性为指标来衡量不育程度的简单方法，改用了花粉育性与小穗育性相结合的方法。经过多年的研究，提出了"特异亲和基因"新学术观点，指出水稻杂种不育性至少受Sa、Sb、Sc等6个基因座位的花粉不育基因座位控制，基因模式为单基因座位孢子体——配子体互作模式，不同座位互作的效应不一样，花粉败育的类型不一样；互作座位越多，效应越强烈，杂种花粉育性越低，特别是Sa、Sb和Sc3个座位同时互作时，杂种花粉育性几乎为零，就像不育性一样。他们进一步研究还发现，6个基因座位的花粉不育基因均存在基因的分化，提出了花粉育性"中性基因"的概念。

　　"特异亲和基因"新学术观点引起了当时学术界的极大关注，同

2008年4月1日，卢永根在实验室内指导学生

行专家认为,这是国内外同类研究中比较系统、深刻和接近实际的学术观点,是对栽培稻杂种不育性和亲和性的较完整而系统的新认识,在理论上有独创性,对水稻遗传育种理论及实际工作具有重要的指导意义。1989年农业部发布的"重大研究成果"中,就提到卢永根他们定位的"特异亲和基因"。以后这个学术观点不断被验证和发展。比如,张桂权创建了广亲和籼型亲粳系,并实现了真正意义上克服籼粳杂种不育,使其杂种优势得以发挥,在2017年"籼粳亚种间杂交水稻全国合作论坛暨现场观摩会"引起高度的关注。刘耀光院士成功地克隆"特异亲和基因"Sa和Sc,并解析其分子机理,先后在《美国科学院院报》(*PNAS*)和《自然通讯》(*Nature Communications*)等国际著名刊物上发表高水平论文。卢永根和他的另一个博士生刘向东等发现"特异亲和基因"在同源四倍体水稻杂种中不但效应明显,而且还有"上位性"作用,为克服水稻多倍体杂种不育性提供重要的理论依据,这项研究成果发表在国际知名刊物《植物生理学》(*Plant Physiology*)

2000年6月,卢永根在水稻试验地指导博士研究生(左为刘向东、右为庄楚雄)

和《实验植物学杂志》（*Journal of Experimental Botany*）（*JXB*）上。

实际上，卢永根其他的方面也取得许多重要的成果，比如他首次建立了我国3个野生稻种的粗线期核型，从细胞遗传学的角度证实了普通野生稻是栽培稻的祖先，进一步印证了丁颖院士的论点。他针对当时矮源的遗传方式缺乏和矮源遗传基础薄弱的问题，对我国早籼稻的4个著名矮源做了系统的遗传分析，根据矮生性基因的遗传方式和等位关系，把我国现有的籼稻矮源划分为2类4群，为我国更有效地利用水稻矮源和人工创造新矮源提供了理论基础。对我国3种不同胞质来源的4种水稻雄性不育系的质核互作雄性不育性进行了基因分析，并在此基础上成功培育出"珍汕97A"等基因恢复系，被作物遗传学界认为是研究胞质雄性不育性分子基础的理想材料。

在这一系列了不起的科研成果背后，人们看到的是卢永根严谨的科学精神和治学理念。

在做学问上，卢永根有着土地一般的深邃和高洁气质，他坚持"实事求是，提倡独立思考，不赶浪头，不随风倒，有三分结果，做三分结论"的严谨求实的科学精神。在研究上，他坚持"小题大做"，不贪多，不追时髦和潮流，不过早或夸大地宣传，以要解决的问题为根本，一点一点地深入开展研究，最终趋根问底，弄清楚科学问题的事由原委。比如，"特异亲和基因"新学术观点，以及应用"特异亲和基因"克服籼粳亚种间不育性的设想。应该说，这在20世纪80—90年代是作物遗传育种学的重大创新，但卢永根和他的团队却很低调，没有做过多的宣传，而是等待历史的检验。后来的研究不仅验证了这个观点是正确的，可以指导进一步的深入的分子生物研究，而且还得到了发展。

卢永根研究团队共选育出作物新品种33个，其中水稻25个、大豆5个、甜玉米3个；培育水稻不育系3个。这些品种在华南地区累计推

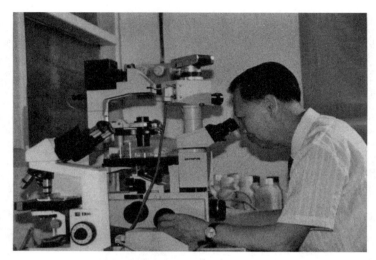

2000年6月，卢永根在实验室内进行显微镜观察

广面积达1000万亩以上，新增产值15亿多元，创造了巨大的经济效益和社会效益。卢永根说，这是他对土地最好的报答！

卢永根时常说起恩师丁颖爱说的一句话："要有科学家的头脑，耕田人的身手。"大概是在跟随丁颖院士工作期间就养成的习惯，每次到了田野里，他喜欢把鞋子脱了，像普通的农民一样，挽起裤腿，赤脚走在农田里，一步一脚印去感受土地；他喜欢闻泥土的味道，细腻地感受泥土的芬芳和深层次的高洁气质。这就是为什么多年来，他对农业发展的思路总是比常人多一分敏感、多一分超前意识，他长期关注三农问题——农业、农民、农村，他把农业高等教育列为第四农，在一个"农"字上倾注了浓浓的爱恋。

也许是因为名字中有一个"根"字，卢永根的一生对泥土的爱恋，爱得深沉，爱得彻底。

作为一个农业科学家，你必须把根深深扎在泥土里。

——卢永根

07

一世师表

一个人遇到好老师就如同一个生命个体遇见了希望；

一个学校拥有好老师就如同一个学校汇聚了希望；

一个民族源源不断涌现出一批又一批好老师则是民族的希望。

1983年，正是带着这样的思考和信念，卢永根开启了他人生一段崭新的征程——上任华南农学院院长。

20世纪80年代，一场深刻的社会变革正席卷中国，地处改革开放前沿的广东，变化尤为突出，奔腾不息的珠江潮，年复一年，以不可阻挡之势，向前奔流，创造了一个又一个奇迹。

卢永根也在变革中摸索前行，创造属于华农的奇迹。在学校的发展上，到底是继续按照苏联模式走单科发展的道路？还是按现代大学的理念办校，走以农业科学为特色的多学科门类的综合性行业大学的道路？这是一个重要的选择，卢永根带领学校坚决地选择了后者。在他上任的第二年，即1984年，学校从"华南农学院"改名为"华南农业大学"，同时陆续加速了工程、理学、人文、食品和经济等学科的发展，这为后来学校进一步综合发展和扩大规模打下了根基也抓住了前进的先机。

卢永根坚信，健康成长的学生能够更好地改变农村落后面貌，能够更快实现祖国繁荣昌盛的理想。自从上任校长一职，卢永根就一直在思考一个问题，该和我的学生和老师们说些什么？他回忆起20世纪50年代，恩师丁颖写的一篇对同学充满深情和希望的讲稿。他勉励学生说："学农业科学的人，一要热爱农业，热爱农民，热爱农业生产，有了'爱'的热情，当然抱有奋斗精神，能够为事业牺牲目前的个人利益，而献身于长远的农民群众利益，同时也就能够刻苦耐劳，以求达到为农业生产服务的目的。"这份讲稿，给卢永根留下的是一份宝贵的师德教育，和一份传承师德的责任和使命，于是，1984年初夏的一个夜晚，卢永根满怀激情地在全校大会上做了一次3个小时的演讲，他的激情点燃了现场上万名师生的理想。

老师们，同学们：

"爱国主义"是一个很重要的课题，特别是对于青年学生来说。加强这方面的教育，是很有必要的。德育教研室请我承担这个课题的讲授任务，我欣然答应了，而且感到很光荣。今天，我讲的题目叫《把青春献给社会主义祖国》。

首先，我觉得对你们这一代青年，进行爱国主义的补课教育是十分必要的。这是因为：在座的大都是十八九岁的青年，是祖国的未来。你们正像早晨八九点钟的太阳，希望寄托在你们身上。我认为，你们这一代青年是幸福的、可爱的，但又是带有缺陷的。我是这样分析的：第一，你们没有直接经受过"文化大革命"的影响，是粉碎"四人帮"之后才念中学、读大学的。第二，你们肩负着重大的历史使命，是实现我国社会主义建设宏伟目标、振兴中华的骨干力量。第三，你们的思想比较解放，勇于探索真理，勇于思考问题。这就是我认为你们是幸福的、可爱的地方。

那么，你们这一代青年的缺陷又在哪里呢？我认为，大概有如下三个方面：一是没有全面而系统地接受过历史教育，特别是中国近代史的教育。因而，许多人对中国的历史不了解，或了解得不多。不同程度地受到"历史虚无主义"思想的影响。二是缺乏系统的马列主义、毛泽东思想基本观点的教育，即社会发展史、革命人生观和辩证唯物主义等观点的教育。三是年纪还比较轻，社会阅历浅。没有深切体会过我国民族被压迫、被剥削的痛苦。因而，政治上比较幼稚。特别是当我国实行对外开放政策以后，许多人对资本主义国家的所谓文明缺乏分析和辨别能力。因此，进行爱国主义的补课教育是十分必要的。这也是我十分乐意和大家进行思想交流的原因。

其次，我想谈谈中华民族是伟大的民族，爱国主义是这个民族的光荣传统。就从具体谈起吧！我们中华民族发源于黄河流域。因而黄河流域有中华民族的摇篮之称。陕西省不是有个黄陵县吗？就是因为轩辕黄帝陵墓设于此地而得名。那里还有一个黄帝庙。相传庙前的一棵古柏树是黄帝亲手种植的。我有幸参观过这个地方。那棵参天的古柏树，高19米，树干下围10米。据科学家们考证，它已经有五千年的树龄了。当时，我曾想，是否真有黄帝其人其事，那是次要的。我认为，这棵古柏树可以说是我们中华民族发展的历史见证，不难想象，几千年来，我们民族由发生、发展到繁衍有10亿人口的今天。这其中，经历了许多苦难和曲折。如外族的入侵，内部的动乱，等等。但是，我们的民族始终没有被削弱、被分裂、被消灭，而是不断前进。终于，在中国共产党的领导下，成为屹立于世界东方的巨人。这不正像这棵参天的古柏树一样吗？难怪许多外国朋友参观了这个地方之后，对我国悠久的历史无不感到赞叹！

我们中华民族，在人类的文明史上是作过重大贡献的。在幅员辽阔的960万平方公里的土地上，我们的祖先用勤劳的双手，开垦出22亿亩耕地，驯化了如水稻、大豆、小米、黍、茶叶、荔枝、柑橘、中华猕猴桃和大白菜等20多种果树和作物。同时，我国也是世界8个重要的作物起源中心之一，对世界农业的发展，作出过重大的贡献。通过长期的驯化、选育，培育出各种各样的动植物品种，这也是世界著称的。以水稻为例，我国就有4万多个地方品种。大家所熟悉的四大发明，即指南针、火药、造纸术和活字印刷术，都是我们民族首创的。在很古的时候，我们的祖先就已经掌握了精湛的建筑艺术。如北京、杭州和苏州等地各具风格的园林建筑就是证明。距今2200多年的秦代，就建成了万里长城。这是一项举世无双的伟大工程。在当时的科学技术力量和设备条件之下，不难想象劳动人民的聪明才智和所付出的艰苦卓绝劳动。又如，距今1300多年前的隋朝，我们的祖先开凿了全长1790公里的大运河，这也是目前世界上最长的人工运河。总之，我们民族在思想、文化和科学等许多方面，都对人类的发展作出过不可磨灭的贡献。

我们的民族是酷爱和平的，但也从不屈服于外来的侵略。所以说，爱国主义是这个民族的光荣传统。我国著名的火箭专家钱学森同志最近曾经说过，中国的知识分子有两个特点：一是爱国，二是不笨。中国的知识分子有强烈的民族自尊心和民族自豪感，把自己的命运同祖国的、民族的和人民的利益紧紧地联系在一起。关于这方面的事例，是不胜枚举的。在我国古代战国时期，有个叫屈原的诗人。他热爱自己的祖国和人民，且为人非常耿直。当时，他对昏庸的楚怀王作过许多劝谏。但由于受到小人们的污蔑和诽谤，最后被流放到江南。尽管这样，屈原还是表现出他不愿同流合污的高风亮节的品德。他愤然发出"举世混浊，唯我独清；众人皆醉，唯我独醒"的呼喊。最后投汨罗江自尽。由于历史和阶级的局限，他只能以死来表达他忧国忧民的爱国之心。还有个"苏武牧羊"的故事。苏武是距今2100多年汉武帝时代的人，当时他奉命出使匈奴。但苏武宁死不屈。在19年的异邦生活中，苏武表现了"富贵不能淫，贫贱不能移，威武不能屈"的气节。

在我国现代史上，在解放战争时期，北京大学有个名叫朱自清的教授，他拍案而起，宁可饿死也不吃美国救济粮的故事，充分表现出中国知识分子大义凛然的民族气节。新中国刚成立，钱学森等大批留美学生就纷纷回国。他们放弃了优厚的生活待遇和优越的工作条件，毅然回国。这是什么精神？这就是爱国主义精神！就我院一些教授来说吧，在解放前夕回国的有张育初同志，在解放初回国的有范怀忠、李鹏飞、李永禄、陈迭云、伍丕舜和冯淇辉等同志。那时候，他们也许对中国共产党认识还很不深刻，但强烈的民族自尊心和民族自豪感，驱使他们作出了像钱学森同志那样的抉择。我想：他们回国图的是什么呢？当时，在百废待举的新中国，不要说是享受，就连解决吃饭问题也是件很不容易的事情啊！这正如钱学森同志说的，我什么也不图，只有一个，为祖国争光。还有一位诗人叫艾青，他是由一位爱国主义者，逐步成长为共产主义战士的。解放后由于极左路线的影响，他生活的道路是极其坎坷的，但始终没有磨灭他那爱国主义的激情，我是很敬佩他的。1981年我在美国时，曾读过艾青的一首诗，我很喜爱它，并把它抄在日记的扉页上。诗中说："假如我是一只鸟，我也应该用嘶哑的喉咙歌唱，这被暴风雨所打击的土地，这永远汹涌着我们悲愤的河流……然而，我死了，连羽毛也腐烂在这土地里面。为什么我的眼里常含着泪水，因为，我对这土地，爱得深沉，爱得深沉。"诗人的爱国热情也把我感动得眼睛润湿了。

我上面所列举的人和事，尽管他们生活在不同的历史时期，有着不同的背景。但他们都有一个共同之处，那就是在他们身上，体现了忧国忧民和国家兴亡匹夫有责的爱国主义精神。他们把祖国的命运、民族的命运和自己的命运紧紧地联系在一起。在"生亦我所欲，所欲有甚于生者"的抉择中，他们会作出"舍生而取义者也"的决断。他们的思想和品德流芳百世，成为鼓舞炎黄子孙后代高举爱国主义旗帜的力量源泉。这就是今天我要讲的第二个问题：中华民族是伟大的民族、爱国主义是这个民族的光荣传统。

那么，为了发扬这个伟大而光荣的传统，当前，我们从思想认识到实践上要回答的几个问题是什么呢？这是我要谈的第三个问题。

我认为，回答这些问题，每个人都必须依靠而且只能依靠马克思主义的认识论，用历史的观点，发展的观点，去分析，去研究，得出符合实际的结论。

要回答的第一个问题：我们应当如何看待我们的社会现实。有人说，我们的国家很穷。爱国怎么能爱得起来？的确，我们国家目前还比较贫穷和落后，现实就是这样，但这是相对的，是同发达国家比较而言的。我们承认落后，目的就是为了奋发图强。请同学们想一想，伟大的中华民族为什么在近代落伍了？历史必须回到1840年的鸦片战争来追述。从腐败的清王朝开始，到国民党的反动统治结束。在长达一百多年的历史时期，有世界上帝国主义列强的瓜分，有日本帝国主义的侵略和蹂躏。远的姑且不说，就谈谈国民党撤出大陆前那段时期的一鳞半爪吧。当时，充斥市场的东西，尽是洋货，连小小的一支铅笔也不例外。民不聊生，通货膨胀。大学教师领薪水是用麻包袋来装钱（钞票）的，可算是天下奇闻！说到私立岭南大学农学院，全体师生加起来，充其量只不过是一百多人，还比不上今天我院一个农学系的人数。你们不难得出结论，我国今天各方面的发展情况，是多么来之不易啊！第二个问题：党风问题。对党内不正之风，包括我在内的广大的正直的共产党员是深恶痛绝的。三中全会以来，党中央采取了一系列措施，使党风日益好转，这是有目共睹的事实。但是，要彻底纠正不正之风，需要时间，需要共产党员共同努力奋斗。一个执政党能下决心公开揭露自己的缺点和错误，说明我们党代表了人民的根本利益，是有力量的表现。第三个问题是社会风气问题：我认为，我们的社会风气，总的来说是好的，是资本主义国家所不能比拟的。但我们还不满意，因为还有许多地方要改进，有的还要花大气力去改进。问题是人人都应该"从我做起，从现在做起"。在座的都是大学生，都是有文化和有知识的年轻人。我想，比如乘坐公共汽车，你就不可以主动为老、幼让座吗？模范遵守社会公德，不但每个学生有责任，我们教师也义不容辞。扭转社会不良风气，靠什么呢？一靠党的领导，二靠政府制定法律和措施，但更重要的是靠大家的自觉行动，尤其是年轻一代大学生的模范行动。

　　关于如何看待资本主义国家的文明和物质生活。过去，我们也有过错误的观点，夜郎自大，闭关自守，使不少年轻人不能全面地、正确地了解资本主义社会。在这方面，我是有比较深刻的体会的。我出生在香港，而且在那里生活了18年。我认为要用辩证唯物主义的观点去分析，去解剖。全盘否定人家，是片面的、不对的；而天堂般的描述，也是不符合实际的。西方社会有比较发达和先进的科学技术，物质比较丰富，这是事实。正因为如此，我们才选派有关人员到国外学习和进修，学习别人的长处。但从本质来看，资本主义社会并不是蒸蒸日上的，它的社会基本矛盾没有而且不可能得到解决。在美国，就有许多青年正在探索他们的国家应往何处去。我曾到过美国十多个州。就纽约市来分析吧，纽约可以说是世界上最大的城市。我在那里住了7天。可以作出这样的概括：纽约是美国整个国家和社会的缩影。首先，这个城市的犯罪率是美国最高的。混乱的社会治安和现代化的城市外貌，会使你感到十分惊讶和不协调。每天，抢劫和凶杀事件，层出不穷；卖淫的、失业的十分严重。我曾经对许多高楼大厦里面空荡荡的怪现象大惑不解。相反，却看到了数以万计的人无家可归。在我接触的外国朋友中，许多人都认为，纽约是世界上最"脏"的城市。发达的地下铁，竟成为藏污纳垢的"好地方"。这点，连美国的许多报刊也是直言不讳的。美国有二亿二千多万人口，吸毒者竟有四千多万。据有关材料，老人受虐待的，占了老年人总数的七分之一。所以，美国各地都设有"防止老人自杀委员会"；离婚率也是相当惊人的，加利福尼亚州就曾高达百分之五十；有五千万人每天都要靠吃安眠药才能入睡。那里的许多年轻人，对社会现实不满，感到悲观、彷徨，精神极度空虚，于是就留长胡子，蓄长发，追求刺激的古怪衣服。有眼光和有爱国心的美国青年，也很不满意现状。有几个攻读社会学的博士研究生就曾对我说过，这个社会终究是要变革的。

回过头来，说说我自己的情况吧。我出生在香港，在那里长大。我的家庭还算殷实。1947年12月，我加入了"新民主主义同志会"，1949年8月又参加了中国共产党。1949年8月，受党组织的派遣，打入内地的私立教会大学，参加迎接广州解放的革命工作和社会主义建设。我为什么要摒弃比较安逸的生活，放弃个人的名利而回内地呢？主要是日本侵华战争的现实教育了我，使我觉醒到当亡国奴的悲惨。我是炎黄子孙，要为自己的祖国复兴效力。我回内地三十多年来，尽管经历过不平凡和曲折的历程。有过一帆风顺的日子，也有过身处逆境的时刻，但我坚信，是中国共产党指给我有意义的人生之路，只有社会主义祖国才是我安身立命的地方。粉碎"四人帮"后，我曾三次出国探亲和访问，但没有被异国的物质生活所引诱，也没有被亲人的热情挽留所动摇。我打心底里热爱自己的祖国。有位美国移民局官员曾问我，你具备移民条件，为什么还要留在中国？我说："因为我是中国人，祖国需要我！"

最后，我想和大家交换一下意见，那就是：青年学生当前爱国主义行动的具体体现在哪里？我认为应具体体现在以下四个方面：一是为振兴中华而勤奋学习和刻苦钻研。二是自觉地把自己的前途和命运与祖国的前途和命运紧紧地联系在一起。三是培养强烈的民族自尊心和民族自豪感，牢固树立为祖国争光的雄心壮志。四是清除利己主义思想。要关心集体，热爱生活。匈牙利著名诗人裴多菲曾经在一首诗中写道："生命诚可贵，爱情价更高；若为自由故，两者皆可抛"。如果我借用这首诗，可否稍为改动一下："生命诚可贵，爱情价亦高；若为祖国故，两者皆可抛"。亲爱的同学们，你们这一代青年是幸福的，有着积极进取的向上精神。我今天的发言，如果能像一束小火花一样，点燃你们心扉中的爱国主义火焰，并迸发出热情，去为振兴中华而奋斗，那是我所热切期待的。

那一天，听众席没有灯光，全场坐满了学生，他们屏息凝神，侧耳倾听。卢永根的激情燃烧着自己，他好像有说不完的话，他仿佛重逢了年轻时代的自己，他热切地希望眼前的每一个年轻的生命都能像自己一样感受到信仰的力量，因为追求信仰而获得幸福。卢永根的激情也正如他所期望的，像一束火花点燃了现场每一个年轻的生命激情。他们发现，当一个人大声地向祖国母亲表白，表达自己心中的爱恋，是件那么浪漫那么美好的事情。卢永根的这次演讲，让许许多多的学生从书本中抬起头来，仰望祖国的蓝天，感知脚下的土地，思考着自己和祖国应该是一种什么样的关系。

从那一年以后，华农形成一个传统，每年华农的新生入学和老生毕业，卢永根都会主动给学生们做演讲，讲述自己的求学生涯，也勉励年轻人努力学习，为国家多做贡献。这样的演讲，一直延续到他生命的最后一年。卢永根用他对祖国的爱，用心中那团一直燃烧着的爱国之火，一丝一毫都不予保留地把自己燃烧至烬……

从1983年开始，卢永根担任了12年华农校长。他在任上的十余年，正是中国的教育体制改革风起云涌的十余年，《中华人民共和国学位条例》等一系列重大的战略决策出台并实施，卢永根带领他的华南农业大学积极拥抱改革，他坚信我国一定能够依靠自己的力量，培养出大批德才兼备的、高层次的社会主义事业建设者和接班人。上任之初，他面对的是一个面临着人才断层困局的华农。为给有能有为的年轻人拓展广阔天地，1986年年底，卢永根专程赴京向原农牧渔业部部长、党组书记何康请示。得到批准后，华农在全国率先打开人才培养新格局。

而就在这个关键的时刻，一个突如其来的机会，让卢永根自己的人生面临一次重大的选择。

1987年，中国农科院时任名誉院长金善宝向上级推荐，组织拟将卢永根调到北京，任中国农业科学院院长兼党组书记，享受副部级待遇。这是多少人梦寐以求的机会，多少人难以拒绝的机会。再一次来到人生的重要十字路口，卢永根会做出什么样的选择呢？那些日子，他常常对着恩师留下的野生稻谷的种子发呆。

"丁老，我去还是不去？"

卢永根陷入深深的回忆，在1925年，丁颖成为农学院农艺系的一名年轻教授时，他给自己约法三章：不涉足官场，不累积财产，只当好教授。抗日战争时期，伪省政府先后两次请他当农业厅厅长，都被他拒绝。1941年冬，在粤北被歹徒袭击抢劫，伪省政府给他5000元"压惊费"，他却把大部分给当地乡公所买牛血清，用于紧急防治当地的牛瘟。由于他穿着俭朴，新来的学生常误认他是农场工人。农民称呼他是"谷种佬"。当时货币贬值厉害，每月工资几乎买不到50斤大米，生活常要靠借债过日子，甘薯叶、萝卜干是常菜。生活越艰难，他献身科学与教育，改变祖国落后面貌的意志越强烈。

卢永根在回忆中看到了恩师的大家风范，也看到了自己的初心，"我的根早已经扎在了华南农业大学，这里有深耕细作的农业科学，这里有我奋斗一生的教育事业，我怎么能离开呢？"

卢永根推辞了来自北京的邀请，转身带领华南农业大学投入一场轰动全国的人事改革。

"当时很多四五十岁的老教师都没有办法晋升，提拔年轻人风险很大。卢老仔细阅读每个人的档案，通过谈话考察每个人的品质，在

100多人的全校副教授以上会议上进行述职，系、校两级学术委员会不记名投票，并寄到校外进行专家评审。"华农原校办主任卢吉祥回忆道。

1987年，为学校全局谋发展，为了打破人才匮乏的窘局，卢永根敢于担当，他顶住压力，力主破格晋升了八名青年才俊、学术骨干，其中5人更是直接由助教破格晋升为副教授，"华农八大金刚"的诞生，破解了人才断层的困局，打破了论资排辈的风气，打开了华农人才培养的新格局。

这场人事改革也成为全国关注的焦点。

华南农业大学校刊

为了振奋士气，也为了向世人表达自己改革的决心，卢永根专门组织了一次宣布大会，宣布8名青年才俊破格晋升，这在20世纪80年代需要很大的勇气和魄力。在宣布大会上，卢永根慷慨激昂地完成了他人生中又一次闪亮的演讲，就像1984年那个没有灯光但是燃烧的激情照亮夜空的演讲。

同志们、老师们：

我代表学校专业技术职务评审委员会宣布，经委员会讨论和无记名投票通过，优先和破格晋升以下同志的职务：骆世明、梅曼彤（女）、杨关福等三同志由讲师优先晋升为副教授，罗锡文、张泰岭、辛朝安、罗富和、温思美等由教员或助教破格晋升为副教授。他们的年龄范围为29岁至44岁，平均年龄为40岁。

首先，对他们获得优先或破格晋升，我表示热烈的祝贺，并对他们寄予厚望。下面我讲几点意见：

一、这次优先和破格晋升八位同志的职务，是贯彻执行中央关于职务改革决定的成果。这次改革的目的之一，就是要使一些优秀的中青年教师和专业技术人员脱颖而出，打破论资排辈的旧习惯。我校解放以来第一次拥有二十九岁的年轻副教授，冲击了论资排辈的无形束缚，鼓舞了广大中青年教师和专业人员，促使他们更加奋发向上。这次破格晋升，对我校来说，是有着重要的战略意义的，因为随着老教师年龄的增长，到1990年，在座的教授、副教授绝大部分都要退休了。现在，如果不尽快地把中青年教师提拔上来，我校将会后继无人。

二、这次优先和破格晋升是严格按照中央的政策规定办事的，严格按照审批程序审定的，是较准确的。对年青同志大胆提拔是要有点勇气的，要冲破各种阻力。这次晋升工作得到广大教工，特别是老教师的支持。有些人说，这次破格晋升是重"洋"轻"土"，我认为把"洋"和"土"对立起来是不对的，不科学的，特别是在当前实行对外开放的形势下。"土"有好也有坏。中国传统的东西有好的，但不否认存在糟粕。"洋"有好的，也有坏的，因此我们反对"全盘西化"。假如一定要讲"土"和"洋"的话，那么，我们的方针是"土洋并举，重在表现"。这次晋升的八位同志，有五位到国外学习过，从这个意义上来说是"洋"的，有三位没去过，是"土"的，有"土"有"洋"。这次晋升工作，我们力求做到胆大心细，选得准。我亲自抓这件事，八位同志的档案材料我都亲自看过，并找他们个别谈话。更重要的是通过科学的程序对他们进行审定。这八位同志的提拔比一般教师要求更严格，"选择压力"更大。第一，他们要有两名副教授以上职称的专家推荐；第二，要公开答辩，要在有一百多名副教授以上的专家参加的答辩会上公开答辩；论文著作要送给校外专家评审。经过系学术委员会评议，学科小组议评，学校评审委员会充分讨论，以无记名投票的方式进行表决，并要获得三分之二以上票数后方能通过，获得承认。因而，这次破格晋升是经过严格的程序的，是比较准确、公正和严格的。

三、这次被优先和破格晋升的八位同志，从总体上看是符合德才兼备的要求的。这里，我们特别强调德才兼备，缺一不可。有德无才，干不成事，有才无德，可能专干坏事，都不行。这八位同志的共同特点是：（一）热爱社会主义祖国，献身农业，通过专业工作全心全意报效祖国。（二）有强烈的事业心和责任感，能积极创造条件进行工作，在教学、科研中做出较突出的成绩。（三）有较强的组织纪律性，服从工作的需要，服从调动。（四）在工作中，有拼搏的精神。（五）学科基础扎实，外语水平较高。只要努力下去，前途是无量的，可以为国家、为人民做出更大贡献。（六）能正确对待名誉地位。他们是值得我们学习的。他们的精神是值得发扬光大的。除了这八位同志以外，是不是就没有像他们一样可以优先或破格晋升的中青年同志呢？不是的。我们学校还有很多人才，很多千里马，但是由于名额限制，不可能一下子升得太多。这些同志可以等一等，到明年再考虑。

最后，我提几点希望与八位同志共勉。第一，希望继续保持谦虚谨慎的作风。破格提升是领导、专家对你们的一种承认，但是，仍然要继续向老专家、老前辈学习。你们的经历、经验毕竟不如老前辈多，决不要自满。毛主席说过："虚心使人进步，骄傲使人落后。"这是真理。第二，希望在政治上严格要求自己，要向"红透专深"迈进，更好地发挥教书育人的作用。用自身的品德、政治思想来教育和影响学生。第三，希望经常注意处理好个人与集体的关系，个人与他人的关系。是否善于和他人合作，是辨别一个科学家是否成熟、是否优秀的标志之一。老是孤家寡人，光考虑自己，不顾别人，这不能算是一个好科学家。要心中有集体、有他人，这很重要。第四，要大胆开拓，不怕挫折，勇敢前进。学校支持你们，不要怕闲言碎语和讽刺讥笑。同时，我希望老的、前辈的、年青的同志们都支持八位同志。世界上是没有完人的，他们身上也许有这样那样的缺点和不足的地方，希望同志们不要苛求他们，而是诚恳地帮助他们。

正是这样一次演讲，开启了8位有梦想的年轻学者风情壮美的新征程，后来，这些当年破格晋升的青年才俊，都成为政界、学界的优秀人才。

被提拔的有儒雅坚毅、内秀低调的广州人罗富和，他的人生中充满了时代的印记，也充满意外。他是老三届知青，是工农兵大学生。年少时，他理想的职业是做一名机械工程师，但是命运安排他进了华南农学院，从学生到老师。1978年正是改革开放的那年，他以名列前茅的外语成绩，入选首批公派出国留学生，到了芬兰赫尔辛基大学，学习计算机技术在林业应用的专业。1983年，罗富和在芬兰获硕士学位，其论文发表于芬兰林学会学报。回国后，他陆续主持和参加了"森林资源信息管理系统""广州市经济林航空遥感综合调查"等多项科研项目，先后发表10多篇论文，获得3项省部级以上科技奖励和一项国家专利。

卢永根看重的正是他丰富的人生经历、孜孜不倦的求学精神和骄人的研究成果。1987年，罗富和成为"华农八大金刚"之一，这对罗富和来说也是一个意外。原本他希望从此在学术上大展身手，命运的安排却意外开启了他学者型官员的人生。两年之后，被破格提拔的罗富和凭借出色的表现再上一个新台阶，成为华南农业大学副校长，当年他只有39岁，是当时广东省最年轻的大学校长。1998年，他被调到广东省科委任副主任，后任广东省科技厅副厅长；2001年，他被任命为广东省农科院院长；2002年他当选为广东省政协副主席；2008年，在人民大会堂的如潮掌声中，罗富和迎来了他人生中的辉煌时刻——当选为全国政协副主席。

温思美和卢永根的相遇纯属偶然。那是1984年，他正在美国康奈尔大学应用经济与管理系读研究生，毕业在即，他有许多的方向，也面临各种选择，他可以留在美国，可以回到自己的家乡四川，也可以回到自己的母校西南农业大学……这个时候，他遇到了同在美国的华南农业大学的校长卢永根，于是人生有了另一种可能——广州。两人一见如故，多有深谈，卢永根力邀温思美毕业后回国工作。"当时我就被卢校长严谨的治学精神、对教育事业孜孜不倦的追求，以及他的人生追求与人格魅力所打动。他对国家民族有深切的热爱，他思想开放，待人处事非常包容，是具有大家风范的长者。"1985年，温思美决定毕业回国到华农任教，"正是卢校长为人为学的人格魅力吸引我来到华农，这是一段很重要的缘分"。回国之后，温思美被破格晋升为副教授，迅速成为农业科学技术研究的带头人，先后主持国际合作课题、国家自然科学基金、国家社科基金、中央部委和省级科研课题40多项，出版专著、教材、译著12部，在国内外重要刊物发表学术论文120多篇，在农业经济界颇有影响力。在当初的"华农八大金刚"中，温思美又是一个学者从政的优秀典范，2006年任华南农业大学副校长；2007年，任民盟中央副主席；2008年，任十届广东省政协副主席；2008年，任十一届全国政协常委。

被破格晋升那一年，辛朝安43岁，仍是一名讲师。他是一个农民的儿子，来自最基层的农村，在恢复高考后的第三年即1979年，他考取了华南农业大学兽医系研究生，毕业后留校工作并到美国加利福尼亚大学农学院进修一年多，他就是卢永根看重的"土洋并重"的人才。

辛朝安太了解中国农村了，对农民也有着割舍不掉的情感。从美国学习回来得到卢永根校长的赏识，被破格提拔为副教授，辛朝安非常珍惜这个机会。在美国，禽流感暴发的亲身经历深深地震撼了他。他以超前眼光敏锐地意识到："中国暴发禽流感是迟早的事，这是动物界难以抗拒的规律。"他知道，在中国的大多数地区，农民养鸡养鸭养鹅，以分散放养为主，与西方规模化、工厂化的养殖模式不同，一旦禽流感暴发，很难准确判断出哪些家禽被感染了，哪些还没有被感染；一年养到头，农民就指望着鸡鸭鹅换点钱，如果因为出现禽流感疑似病例就将家禽全部杀掉，对他们来说无异于遭受灭顶之灾，对国家财政也是一笔不小的负担。于是辛朝安开始了疫苗研制工作。课题刚起步的时候，没有资料、没有经费、没有经验，甚至连一个禽流感的病例都没有。为了从野生禽类中找到所需要的样本，辛朝安带着学生漫山遍野地跑，筛选了不少目标，大量采集禽类的唾液、粪便，好不容易才使研究工作得以展开。

辛朝安从基础工作一步步往深处走，他坚信科研的工作需要一个积累的过程，科研工作者的使命就是能够为国家或者是地方做一个技术储备，为此哪怕寂寞，哪怕清贫都是值得的。事实证明了辛朝安和他的团队潜心苦行僧般研究的意义，1997年，香港报告发生H5N1禽流感致人死亡后，辛朝安迅速研制出了"禽流感灭活疫苗"。这一疫苗的价值在2004年的春天得到证明，为中国直接挽回经济损失几十亿元人民币。其间，2003年他协助卫生部门专家最终得出非典型肺炎并非禽流感的结论，被媒体称为是"广东的骄傲""抗非的英雄"。

辛朝安始终谨记恩师卢永根的教诲，爱农业，爱农民，他患有严重的高血压和心脏病，平时外出，包里装的都是药，但每次出现疫情他都亲临现场。2014年，广东省内一大型养鸡场出现疫情，辛朝安拖着虚弱的身体坚持亲自到场调研，临别时，他突然转身对养鸡场的老总说："这次对不起你们，身体不允许，这可能是最后一次上门服务了。"随行的学生们知道他这次是冒着生命危险出行为鸡农提供指导的，他说的不是客套话，不少人悄悄流下了眼泪。三个月后，辛朝安逝世，临去世时他对恩师卢永根说："老校长，但愿我没有辜负你。"

罗锡文在华农上学的时候并没太多的机会接触到卢永根，他1982年起留校任教，到1987年被破格晋升之时，仅有5年教学经验。但是这5年对于罗锡文来说是有着极高含金量的。为了让中青年骨干教师开阔视野，卢永根创造机会，让他们有机会到国外优秀学府进修，罗锡文因此有机会去了美国弗吉尼亚大学进修。

"他关心年轻人成长，为我们的成长感到高兴。"罗锡文至今仍为自己能遇到卢永根这样的好校长感到幸运。

罗锡文永远都记得1987年他从美国弗吉尼亚大学进修归来，听说校长卢永根急着见他，他心里几分兴奋也几分忐忑，兴奋的是他刚从美国回来，有许多体会想和校长分享，特别是在农业机械化方面可以学习的东西太多了，可以做的事情也太多了；忐忑的是，自己只是一个普通的年轻教员，校长会对自己说些什么呢？

罗锡文没有想到，那天在卢永根校长的办公室他们两个人谈得如此热烈，卢校长完全没有架子，刚刚留学归来的罗锡文深深认同卢校长的话，一个真正爱国的科学家应该把自己的事业和祖国的发展紧密联系在一起。

"你应该将国外所学经验跟中国农业的现实结合起来。金杯银杯不如老百姓的口碑，要实实在在做事，做一些能够为农业解决实际问题的事。"30多年来，这些话成了罗锡文学术和人生的引航灯。

和辛朝安一样，罗锡文也是一个土生土长的农村娃，"面朝黄土背朝天"是他最熟悉也最渴望改变的生活，1987年破格晋升为副教授之后，罗锡文带着他的梦想一路奋斗30年，从农机1.0时代到农机4.0时代，罗锡文是新中国农机发展的见证人和参与者。他带领科研团队首创同步开沟起垄施肥水稻精量穴播技术体系，成功创新研制水稻精量穴播机和水田激光平地机；突破了农业机械导航与自动作业系统关键技术，在国内首次成功研制无人驾驶拖拉机、水稻种植机械和棉花播种机械。2009年罗锡文当选为中国工程院院士。

在"礼赞新中国　追梦新时代"院士报告会上，如今已74岁高龄的罗锡文，满腔热情地向观众分享了他和祖国农机事业共同成长的故事。

有人问我的梦想是什么？"耕牛退休，铁牛下田，农民进城，专家种田"，就是我的梦想。

有人问我的初心是什么？将农民从繁重的劳作中解放出来，让农业生产的所有环节都实现机械化，这就是我的初心，也是我们中国农机人的初心。

有人问我的使命是什么？大力推进机械化、智能化，给农业现代化插上科技的翅膀，就是我的使命，也是我们中国农机人的使命！

生于1942年的梅曼彤，是"华农八大金刚"中最年长的一位。她是"文化大革命"前毕业的大学生，毕业后在华农任教。当年她初认识卢永根时，就有感于他的人格魅力。"他特别善谈，总能让人感觉到力量。"

在年轻学者到海外学习这件事情上，卢永根不仅思想开放，更是不遗余力推荐，他希望同时也相信，华农的教师能够通过海外的磨炼开阔眼界，学习国际一流科学技术，再带回国内。这份信任和鼓励让许多学校的年轻人非常感动。1983年，正是在卢永根的推荐下，梅曼彤得以前往美国加利福尼亚大学劳伦斯伯克利研究所进行放射细胞生物学及分子生物学研究。

梅曼彤到了美国之后，卢永根一直与她保持着通信，"他在学术方面有很强的前瞻性、战略性，超前的眼光和布局给了我很大的启示和帮助"。卢永根在信中表示目前遗传工程、DNA重组技术是生命科学发展的前沿，建议她可以多学习这方面的内容。也因此，她在美国开始接触、学习这方面的知识。

梅曼彤在美国完成了她的学业回国的时候，收获满满，带着她的研究成果，带着她在权威杂志发表的一组论文，她没有想到的是，等待她的是一份意外的收获。

"有一天学校突然通知我申报晋升职称，为此要准备答辩。当时觉得太意外了，之前卢老并没有告诉过我这件事。"梅曼彤说。

梅曼彤至今还记得，当时学校组织了一场公开的答辩活动。前排是学校权威的老教授们，后面是自愿前来倾听的教师和同学。当时并没有PPT展示，她只有半个小时的时间来向大家公开介绍自己的研究和成果。"当时非常紧张，老教授们还会时不时向你提问，你得当场回答，之后老教授们再打分。"梅曼彤说，没有真才实学的话，其实很难通过这次的晋升考核，而这样的考核，对于年轻的后辈来说，他们看到了方向和希望，只要努力，一切都会改变。

获得破格晋升的梅曼彤，成为卢永根大力推动遗传工程研究室的筹建主力，卢永根向时任副省长王屏山申请到了10万元的启动资金，用于研究室的建设。这个研究室，后来成为亚热带农业生物资源保护与利用国家重点实验室的重要部分。

"在广东高校中，华农是开展这方面研究和教学都比较早的高校，特别是我们在80年代就为研究生开设了'基因工程原理和技术'这一理论和实验结合的课程，附近的高校也派学生前来修读，对早期培养生物技术方面的人才起了不少作用。"梅曼彤说。

梅曼彤教授先后在航天育种、作物生物技术和农业部转基因检测中心建立等方面为国家作出了重要贡献。如今，已经是博士生导师的她，无比感念卢永根院士给予她成长道路上的指引和帮助。

"华农八大金刚"中还有后来成为广东省教育厅副厅长的张泰岭教授，在黄牛育种等畜牧学方面有不俗表现的杨关福教授，以及后来成为华南农业大学校长的骆世明教授，他们每一个人都用自己在学界和政界以及其他领域的出色表现证明了当年卢永根校长冲破阻力、破格晋升是正确的，校长确实没有看错人。

在20世纪八九十年代，中国的校长不仅要管教学、科研、社会服务，还要管师生的后勤服务。要教书、开课题，后来还要进行各种十分敏感、阻力重重的改革。校长责任几乎是无限的，然而权力却十分有限。当时的大学校长们经常不得不说"钱就没有了，命倒还有一条"。更有人自我解嘲说："中国的校长不是人当的。"困难之多可想而知，那么为什么在这样困难的条件下，卢永根一方面放弃了去北京享受副部级待遇的机会，另一方面顶住压力、克服困难，不仅稳住了学校的根基，还为未来的发展扎下了坚实的基础呢？这个问题，一直存在于骆世明的心里。1992年，当他走上校领导的工作岗位，成为卢永根的左膀右臂之时，他终于得到了答案。

那一天，在卢永根把骆世明叫到自己的办公室，递给他一篇《光明日报》记者的采访文章：《先党员，后校长；先校长，后教授》。文章虽然不长，但是让骆世明看到了前辈的勉励，更看到了卢永根对党的教育事业高度负责，以及党和人民利益高于一切的责任感。在卢永根的心目中，中国共产党带领中国人民翻身解放、带领中华民族发展与振兴，中国共产党的地位是至高无上的。校长就是党交给自己作为完成中国发展历史使命的具体岗位，比起自己的专业业务，校长的岗位更是不可替代的，应当首先做好。

"他是这样说，更是这样做的。只要不出差开会，他都会坐在办公室，接待各方人员，翻阅各种文件，具体处理有关大小事务。就在这些很难为人看得见的日日夜夜，逐步为学校的长远发展铺就了一条后来看得见的路。"

"先党员，后校长；先校长，后教授。"

这十二个字虽然简单，但真正要把握好这三种角色的关系却很难。卢永根用自己的行动表明，言必信，行必果。他自己首先是一个党员，工作上首先从大局出发；在校长和教授身份上，自己首先考虑校长这个角色。既然是校长，就要着眼于学校的发展，把自己教授的工作和身份暂时放下，做好管理工作。卢永根始终把党性摆在最前面，全心全意站在学校的高度，扎实推行自己的治校理念。在他的回忆中，当校长期间他主要做了三件事，摆在首位的是学校的人才队伍和学科建设；第二，坚决抵制住了学校为主体的商业行为；第三，不遗余力地进行校园环境建设。在若干年后的今天看来，这三件事，都交出了让人满意的答卷，而正是这份答卷为华南农业大学的未来发展奠定了牢固的基础。

"卢院士是我最尊敬的人之一，他是我们学界的楷模，是为人的榜样，他是一个大师，又是一介布衣。无论是为学为人，我们都把他作为榜样，始终默默向他学习，但我们可能终其一生也无法望其项背。"谈及恩师，全国政协常委、华南农业大学副校长温思美感慨不已。

几十年过去之后，卢永根可谓"桃李满天下，名流数不清"。学生的成长和成才给他带来了巨大的满足感和成就感，这是任何金钱、物质、地位都无法替代的。

教师和科学工作者的魅力在于人格力量和对科学的不断追求。

我今天的发言，如果能像一束小火花一样，点燃你们心扉中的爱国主义火焰，并迸发出热情，去为振兴中华而奋斗，那是我所热切期待的。

——卢永根

08

一生爱国

"科学无国界，科学家有祖国。"这是法国微生物学家、化学家路易斯·巴斯德的名言，卢永根把这句话当作自己的座右铭。

陈序经是卢永根在岭南大学时的校长，卢永根虽然和他的交往不多，但是陈校长的爱国情怀却常常被他提及。

中国人民解放军解放北平后挥师南下，不少名教授和学者对时局存在疑虑而纷纷南下，准备经香港转往台湾或外国。就在这个时候，陈校长毫不动摇地坚守岗位，以自身的行动和礼贤下士的风范，把一批来自北方的名教授罗致到岭南大学，说服他们留下来，使他们成为广州解放后的学科带头人。广东省高校的大多数一级教授就是这样来的，每当看见他们为中国的教育事业建功立业，卢永根就深深地为陈序经的爱国情怀感动，还有一个让他感佩无比的人，就是他少年时代就认识的好友李沛瑶的长兄、著名爱国将领李济深之长子——李沛文。

出身名门的李沛文早于1927年即远渡重洋，立志学习农业科学，为振兴祖国的农业奋斗。他先后在美国的普渡大学、依阿华大学、加州大学和康奈尔大学农学院学习，1932年获科学硕士学位。回国后一直在岭南大学农学院任教。抗日战争期间，为了保存和发展祖国的教育和科学事业，毅然离开家庭，不顾个人安危，只身带领师生员工跋涉辗转于粤北的穷乡僻壤之中。新中国成立前夕，不少留学归国的专家学者由于对共产党存在疑虑而纷纷移居境外。此时李院长却以渴望黎明的心情盼望解放，并为新中国尽力。他利用自己的职权，有意阻挠国民党把联合国救济总署办事处广东农垦处拥有的一批农业机械转移到海南，这批物资得以留给新中国。然而，国民党广州警备区司令李及兰却将他逮捕，"李济深之子李沛文在广州被捕"成为当时轰动省港澳的头条新闻。经各方营救，李沛文在广州解放前夕被释放出狱。新中国成立以来，他为了新中国的农业教育和科学勤奋工作，他对党和祖国的忠诚从未改变。

卢永根对于这位名门之后的爱国情怀敬佩至极，他在李沛文的人生选择和爱国情怀中看到了自己的影子。

新中国成立之初，19岁的卢永根逆行回到祖国母亲的怀抱，成就了青春之壮美。他的家人，大多留在香港或去了美国。然而执意独自回到祖国的卢永根在国内的发展并非一帆风顺，甚至因为自己有海外关系的身份，也曾经历风雨。

第一次打击来自他在北京进修期间站在了李竞雄、鲍文奎两位教授一边，卢永根一时孤立无援。最后的实践证明，李、鲍两位教授是正确的，他们在科学上都作出了重大贡献，1980年双双当选为中国科学院的学部委员（院士）。反观某些紧跟米丘林遗传学因而显赫一时的"学者"，最终却一事无成。在回首这段往事的时候，卢永根没有抱怨，有的是他关于科学和政治的深刻思考。卢永根曾经撰文说："历史是无情的，使我认识到一个科学工作者应讲诚实、正直，坚持实事求是，敢于独立思考，不赶浪头。政治同科学是有联系的，但科学毕竟不等同于政治。学术上和科学上的是非问题只能由专家学者通过实验、自由讨论以至辩论来解决，行政决不应进行干预。"

在"文化大革命"期间，卢永根曾受到不公正的批判，也被下放到广东翁城干校"劳动改造"，直到1978年才回到广州。

像这样的一些人生风浪和艰险，虽然卢永根很少主动谈起，但是往往成为海外的亲人们劝他移民海外的理由。

改革开放之初，卢永根在美国生活的母亲梁爱莲病重，多少年卢永根不能在父母身边尽孝，母亲的病重让他心痛万分，他暂时放下手中繁重的工作飞往美国。

上次分别时还是少年，再相逢已到中年。卢永根去美国探亲，让亲人们欣喜万分。当时美国的生活条件和科研条件与国内相比简直天壤之别，母亲和亲人们竭力说服他留下来，再把夫人、孩子全家都接过来。孝顺的卢永根努力珍惜和母亲相聚的分分秒秒，但在他的内心，没有留下的这个选项。

回到国内，继续执教！先后3次，每次的选择都是一样的，坚定的，毋庸置疑的。甚至有位美国移民局官员不能理解地问他："你具备移民条件，为什么还要留在中国？"

卢永根的回答是："因为我是中国人，祖国需要我！"

那些年，卢永根还获得了许多公派到国外做访问学者的机会，每一次在国外工作，都会激发他的斗志，要为国争光。

1978年8月，由国家农牧渔业部派遣，卢永根到菲律宾国际水稻研究所参加"遗传评价与利用"培训班学习，为期4个月。在培训班结业考试中，卢永根在来自11个国家的31名学员中，成绩名列第一。

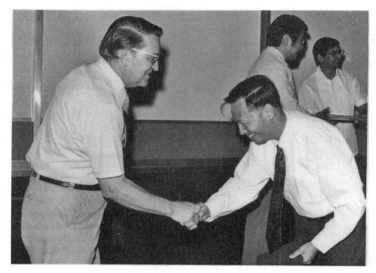

1928年12月14日，卢永根在菲律宾国际水稻研究所（IRRI）"遗传评价与利用"培训班（GEU Training Program）结业典礼上从所长布雷迪博士（Dr.Brady）手上接过结业证书

1979年1月，在菲律宾国际水稻研究所正门前合影（右一为闵绍楷、左二为卢永根）

培训结束后，卢永根以访问学者身份又留所从事研究工作2个月。

1980年，卢永根以公派访问学者身份赴美国加利福尼亚大学戴维斯校区留学，与美国著名水稻遗传育种专家J.Neil Rutger博士合作研究。在这里，他将自己对水稻育种的研究拓展到了细胞生物学层面，进行水稻诱导胞核雄性不育突变体的细胞学研究。卢永根将11个水稻胞核雄性不育突变体划分成四类：可染花粉败育型、部分花粉败育型、完全花粉败育型和无花粉型，进而在花粉母细胞减数分裂和小孢子发育期对这四类胞核雄性不育突变体进行了细胞学观察，探讨它们的败育机理。结果表明，明显的染色体畸变与胞核雄性不育性有着密切的关系。

卢永根的研究成果在美国的学界引起了轰动，只要他愿意，他可以在美国继续他的研究，获得更加优渥的生活。而卢永根完成了他人生的又一次"逆行"，在年轻的学者们纷纷寻求路径留在美国的潮流中，他回来了！

卢永根对自己的亲人和学生说："我坚信，是中国共产党指引我有意义的人生之路，只有社会主义祖国才是我安身立命的地方。"把所学到的知识贡献给国家，为国家的兴旺、民族的振兴尽一份力，这是共产党员卢永根的初心。卢永根常常和学生分享自己出国的体会，在改革开放之初，拿着中国护照走在世界的不同地方，会遭到轻视甚至不公平的对待。那时的中国确实不富裕，有很多不尽如人意的地方。"如今我经常出访国外，人家的尊重和赞誉，不仅是对我个人，更重要的是对我的祖国的尊重和赞誉，这样的人生不是比留在国外更有价值、更有意义吗？"

作为一名老党员、老教师，卢永根同样以他的一腔爱国之情去教育和感染他的研究生、青年教师和出国学习访问的学者。在他担任校长期间，学校派出了一批又一批教师出国攻读学位、开展合作科研

1980年12月21日，卢永根在美国加利福尼亚大学戴维斯校区（University of California, Davis）留学时于寓所前

等。为了尽可能使派出的留学人员学成后按时回国服务，他做了大量艰苦细致的争取和说服教育工作。对即将出国学习的每一位青年教师，他总是会抽空找他们进行个别谈话并保持书信往来，希望他们在国外勤奋学习，不要嫌弃自己的祖国贫穷，"狗不嫌家贫，儿不嫌母丑，这是一个简单的道理"。

就在卢永根满腔热忱地鼓励海外学子回归祖国，为祖国的改革开放和华农的发展做贡献，并且得到不少青年才俊的响应的时候，令他和夫人没有想到的是，女儿女婿决定留在国外。

他的女婿也是华南农业大学的学生，1991年，女婿出国留学，取得博士学位后没有按时回国，卢永根写了一封家书，希望女儿和女婿回到广州，回到他的身边来：

"现在留学生中流传着各式各样的'理论'和观点：无非是为自己待在国外不归制造借口和'理论依据'。……我只有一个独女，她理所当然应留在父母身边，不能把照顾父母的责任推给组织不管。不论从公从私看，你都应学成后按时归来为国效力。"

1994年7月，卢永根在《南方日报》上给自己的女婿写了一封公开信，力劝他回国。这件事在当时引起了强烈的反响，他在信中驳斥了当时流传在留学生中的各种"言论"。比如科学是没有国界的，学成归国为中国服务显得太狭隘，不如留在外国工作为全人类服务。他说，"凡此种种，无非是为自己待在国外制造借口，给利己主义的灵魂贴金，连为养育自己的国家和民族服务都不愿意，还奢谈什么为全人类服务？"

在这封公开信中，卢永根还说道："一切有志气的真正爱国的青年科学家都应扎根祖国，外国的实验室再先进，也不过是替人家干活。我们现在实行改革开放政策，有各种渠道掌握国外的发展动态，如参加国际学术会议、出国短期访问、共同合作科研等等。在国内从事科学研究照样能出成果，关键是要努力去开拓和争取。"卢永根当年的爱国之情和赤子之心，今日读来依然跃然纸上，令人起敬。

最终，女儿女婿还是没有回来，卢永根和夫人便很少谈及这件事情："人各有志，道路只能由自己选择。我也不想再多说了。"

许多年以后，中国变化得甚至远远超出了当初卢永根的想象，一天卢永根在一篇微信推文中看到《人民日报》的副总编辑卢新宁在北大的演讲，她说："无论中国怎样，请记得，你所站立的地方，就是你的中国；你怎么样，中国便怎么样；你是什么，中国便是什么；你有光明，中国便不再黑暗。"

躺在病床上的卢永根脱口而出："好！"

一名真正的科学家，必须是一名忠诚的爱国主义者，要把国家和人民的需要作为自己工作的动力。

——卢永根

一命之荣

1993年对于卢永根来说是他人生中的又一个高光年份，这一年，他当选为中国科学院院士，这份终身荣誉是中华人民共和国设立的科学技术方面的最高学术称号，卢永根的恩师丁颖就是新中国最早的院士之一（当时称学部委员），晋升院士是多少学者的毕生追求。

一时间，记者们蜂拥而至。

面对媒体，卢永根要不干脆就不见，即便见说得也极少。他把国家授予他的这一学术荣誉称号归结为四个"归功于"：第一是归功于母校的教育；第二是归功于他的老师丁颖院士、赵善欢院士、浦蛰龙教授、李鹏飞教授、范怀忠教授等老一辈科学家；第三是归功于在科研上与他密切合作的同事、助手和研究生；第四是归功于在事业上给他全部支持的夫人徐雪宾教授。

在事业取得极大成功的时刻，不是忙于谈自己的成功之道，而是

卢永根当选中国科学院院士（学部委员）证

卢永根当选为中国科学院（生物学部）学部委员的通知及祝贺信

把功劳归于学校、老师、同事、亲人，这是何等的胸怀。

在卢永根看来，如果这份荣誉，能让他更好地像丁颖那样矢志为民、务实求真、身教以德、敬业乐群，将是这份荣誉最大的意义。

刘向东，是卢永根培养的第3个博士，从1992年跟他学习、工作，他见证了卢永根的光荣时刻，更加见证了他对名利的淡泊。"按理说，晋升院士，在学术上已然登上了顶峰，但是卢老师从来没有停止过学习，这一点我始终感动，并且以他为榜样。"

卢永根总是挤出时间来看不同类型的书籍，以扩大自己的知识面和拓宽自己的视野，以充实教学的素材。在教学上，他更加精益求精，力求把最准确的理论知识和技术传授给学生，为了上好一堂课或做一次报告，他总是查阅大量资料，认真准备，反复修改PPT课件，包括标点和引用文献都力求不出差错。

2007年8月12日，卢永根在福建省尤溪县考察再生稻（左起：刘向东、卢永根、谢华安、王滔）

刘向东记得："有一次卢老师给本科生做了一次有关农业起源、我国农业的现状和农业现代化的报告，他准备了有两个多月，修改PPT不下十次。还有一次，卢老师为首届农学丁颖班讲授专业概论，他为了准确给学生介绍丁颖的精神，查阅了大量资料，花了近一个月时间准备PPT，对PPT进行精心的修改，在其中引用大量第一手的图片，最后得以极其生动地给学生讲授。"

当看到卢院士在课堂上神采飞扬地传授知识，刘向东他们这些帮助老师准备课件的学生们竟然听得入神，心里有一种说不出的力量。

在培养研究生上，卢永根把严谨的科学作风贯穿到整个过程中。在研究生做论文期间，他不管多忙，都共同参与制定研究方案，了解进展情况，指出不足和改进措施。在论文修改上，他更是一丝不苟，认真细致地核对论文中的数据、图片和引用的参考文献，甚至对论文中每个标点符号都进行认真推敲修改，以尽最大的可能减少错漏。正是因为他的严谨，他指导的研究生论文质量都比较高，有多篇被评为校级优秀学位论文，还有1篇曾被推荐参选全国百优。对于研究生整理准备发表的论文，他更是逐字推敲修改、精雕细凿，力求出精品。

晋升院士之后，卢永根更加多把机会让给年轻人。当研究取得成果时，他总是让学生做第一作者。20世纪80—90年代，我国论文还没有出现所谓的通讯作者，研究生发表论文一般是导师名字在前，学生在后。然而卢永根却不一样，他坚持把学生放在第一位，他自己放在后面，对于科研成果，他也是如此。学生张桂权和刘向东把在攻读博士期间所获得的研究成果整理成10多篇论文发表，申报并获得三项科研成果，卢永根坚持把两个学生的名字放在自己名字的前面，这对他个人可能是个"损失"，但对作为学生的年轻人是极大地鼓励和扶持，人才的成长走上了"快车道"。张桂权1997年被农业部评为部级"有突出贡献的中青年专家"，1998年入选教育部的"跨世纪优秀人才培养计划"，1999年获广东省第五届"丁颖科技奖"，后任华南农业大学农学院院长。

为了让年轻学者能尽快出成果，卢永根他还给他们提供各种条件帮助他们，让他们能较好地开展工作。深感自己在成长的过程中，得到党的培养和前辈的无私帮助，卢永根很看重有才华的年轻人。在20世纪八九十年代，出国学习对于每一位年轻学者都是人生的重要阶段，他们无一例外地面临抉择和重新规划，因此，在他们回国前后，卢永根都特别上心，尽一切可能为他们创造比较好的工作条件。身为校长和院士，卢永根为了网罗优秀人才，他礼贤下士，以情动人。曾经有一位在国外就读的博士生，非常优秀，卢永根为了让他能留在华农工作，经常与他邮件往来和通话，那位博士生从美国回来，身为校长和院士的卢永根亲自到机场接机。卢永根的诚意打动了这位博士，他留在了华农，在学术界做出了杰出的贡献。

在那些刚刚晋升为院士的日子里，卢永根比任何时候都思念自己的恩师丁颖院士，他多想让恩师知道他这些年在学术上的坚持和传承，他多想有这样一个时空的隧道，他可以穿越时空，向老师表达自己满满的感恩之情。当年，正是因为有机会零距离地体会这位著名学者的为人风范、学风和学术思想，使他更加坚定了自己的理想和方向，用更多的时间专心钻研业务。"1993年11月我当选为中国科学院院士，院士是国家设立的科学技术方面最高的学术称号，是党和人民给我的崇高荣誉。我第一时间想到，这个荣誉不仅属于我个人，而且首先是属于丁老师的，没有丁老师的知遇，就没有我今天的一切。丁颖老师，我永远怀念您！永远学习您！"

卢永根当选中国科学院院士那年，赵杏娟刚刚考入华南农业大学，报考的专业是农学系农学专业。送她入学那天，她的母亲激动地指着红满堂草坪边上悬挂的横幅："欢迎您——未来的农业科学家！"

赵杏娟知道这是母亲的心愿，希望她能成为农业科学家。那时的她对农业科学了解不多，对华农了解不多，对华农里大名鼎鼎的农业科学家卢永根校长了解得也不多，她没有想到自己有一天会成为这位校长的助手，完成自己成为农业科学家的第一步。

1997年，毕业前赵杏娟回到家乡云浮市参加毕业实习，这一天她接到农学系党总支书记谢绮环的电话（农学系那时还没有改名为农学院），电话里说卢永根院士打算在这一届毕业生中招收一名优秀生做他的科研助手，让赵杏娟考虑考虑，如果愿意，就尽快回学校参加面试。

到卢永根院士身边工作？经过大学这几年的学习，卢永根这三个字对于赵杏娟来说已然如雷贯耳，此时的她脑海里响起妈妈的声音——"未来的农业科学家"，她仿佛听到了呼唤，她对自己说：要把握住这个机会！

很快，赵杏娟得以近距离地见到卢永根院士，陪同卢院士面试新助手的有她的夫人，同为华南农业大学教授的徐雪宾教授，还有刘向东博士，赵杏娟以为自己会紧张，可是眼前两位老人，慈眉善目，和蔼可亲，师兄刘向东也是憨厚的老大哥样子，这让赵杏娟觉得，不像是一次面试，更像是一次家庭聚会。

卢永根院士告诉赵杏娟他准备招一名来自农村的毕业生当助手，理由很简单，他认为来自农村的孩子比城市的孩子更能吃苦耐劳。紧接着卢院士问了三个问题：

"你是共产党员吗？"

"我是党员，大三的时候就入党了。"

"你学习怎么样？"

"我对我自己挺满意的。"

"你有男朋友吗？"

"没有。"

面试就这样结束了，卢院士看着眼前这个质朴的女学生，脸上流露出满意的神情，那是因为他看到了一种纯真，这种纯真在当年地下学联的小伙伴们身上见到过，在当年他破格提拔的8位青年才俊的身上见到过。

接下来，卢院士提了一个赵杏娟完全没有想到的要求："不管你是否愿意做我的助手，我都希望你给我写一封信，把你内心真实的想法和意愿告诉我，然后我告诉你我的决定。"

面试结束后，赵杏娟在熟悉的校园里走了很久，不自主地走到了红满堂草坪，她想起入学的那天妈妈说过的话。赵杏娟想，就让我追随着这位大科学家的脚步，一步步坚实地往前走，直到成为像他那样的人！回到宿舍，赵杏娟满怀激情地给卢永根院士写了一封信，告诉他自己为什么会成为一名学生党员，告诉他土地、农村在自己心目中的分量，告诉他自己的理想和想象中的未来……

1997年7月，22岁的赵杏娟毕业了，她成为中国科学院院士卢永根的助手。在这之后，卢永根常常跟人提起她的那封信，卢院士总是笑眯眯地说："小姑娘文笔不错！"

从此，赵杏娟走进了卢永根的工作中，在这位惜才爱才的大学者身边一点点成长，成熟。

卢永根对身边年轻人的影响总是从他的治学态度开始的，他发表的文章、发言稿、学术报告都是他自己去收集材料、起草的，文章的思路很严谨，层次分明、语言简练。赵杏娟根据他的要求去整理、打印，草稿打印出来后，他会认真修改文章的排版布局，反复推敲用词造句，连一个标点符号都不放过，直到满意为止。卢永根总说，好文章要放一放，没有经过沉淀的文章不是好文章。所以，每次文章写好后，他从来不着急投稿，思考一下，再思考一下。于是，常常会出现这样的情况："小赵，这篇文章今天定稿了。"第二天上班时，他又说："小赵，把昨天那篇文章拿出来，我要再修改一下。"

有时看见赵杏娟一遍遍辛苦地改稿子，卢永根就会与她话说当年，他说自己严谨的态度是从丁颖院士身上学来的，当年他去北京做丁老的助手时，没有电脑，所有的材料在付印前都是手写的。丁老改一次，他就从头到尾抄写一次。有时候丁老要改五六次，他就抄五六次。丁老改得很仔细，连一个标点符号都不放过。

华南农业大学宣传部的老师曾说过，卢永根院士投到校报的文章，基本不用修改。这是因为卢院士投稿前，他已反复修改过好几次了。有老师向他提出，想约他做一个口述史，由他口述，学生根据录音来整理，这样可以节约下他宝贵的时间，卢院士他不同意，他说别人写不出他想表达的那种味道，甚至会适得其反。听到卢院士这么说，赵杏娟终于明白当初他为什么要求自己写一封信，他很在意一个人是否会通过文字来表达自己。

细节决定成败，卢永根就是一个非常注重细节的人。在工作中，他要求他身边的工作人员对自己讲的话、做的事和写的文章负责，哪怕是一条短信、一封邮件，发出去前都要检查一下是否有错。即使是转发别人的信息也要负责。如果别人发了一条有错误的信息给你，千万不能不仔细检查就转发给别人。转发前，必须先检查一下有没有错误，如果有错误，把错误改正后再发给别人。也许有人会说，这是转发，错了也没关系，本来就是错的。但是不拘小错误，对于一个科研工作者来说是大忌，也许会铸成大错。

华南农业大学农学院党委书记张展基曾经是华农的学生，真正接触卢院士是他到华南农业大学农学院报到的第三天，就是2012年2月20日上午，他去卢院士办公室拜访他。即将拜访老校长、大名鼎鼎的院士，张展基是有些紧张，一到办公室就急于介绍自己，卢院士很快打断了他的话。

"你是87年来学校读书的，可以说是我的学生，你是学畜牧的，你来农学院我是知道的，当然现在你是我的领导。"

这位无论在学界还是大学都声名显赫的前辈竟如此的平易近人，这让张展基既亲切又感动。接下来卢院士与他分享了自己同为行政领导和科研项目带头人的体会：一要讲政治，要抓好基层党支部建设，充分发挥学院党委和基层组织在学院发展中的政治核心和战斗堡垒作用；二要注重学习新知识，向书本学习，到老师的办公室实验室去学习，到田间地头去学习，只有这样才能做好农学院党委书记的工作。

张展基说："这两句话成了我在农学院工作的指南，也必将成为我以后工作的指南。"

在指导学生方面，卢永根非常严格，并且亲自表率。张泽民和卢

卢永根家中"师恩难忘"的牌子

永根同在一个实验室，从辈分上来说，他师从张桂权，而张桂权是卢永根带的第一个博士，他们是爷孙辈分。"生病住院之前，卢老每天都会准时出现在办公室，周末有时候也会过来。他非常关心我们年轻人的成长，经常会给我们提意见。"张泽民回忆，卢永根对于学生们的论文要求非常严苛，"对论文中英文单词的单复数用法不对，他都会进行纠正。而对于用错的标点符号，他也绝不放过。"正是在卢永根的熏陶下，实验室的年轻人都保持着非常严谨的学术作风。

在卢永根的家中，摆着"师恩难忘"的匾额。这是卢永根80岁时，门下弟子给他添置的。有趣的是，在卢永根70岁时，当时他的学生们给他送上的也是写着"师恩难忘"四个大字的牌子，卢永根的学生说，"我们之所以送了一个一模一样的匾额，因为我们觉得，只有这四个字才能反映出我们的心声"。

我的青春年华已经献给党的科教事业，我准备把晚年继续献给这个事业。

——卢永根

10

一盏明灯

在谈到卢永根院士的时候，中央广播电视总台主持人白岩松曾经说，他是一个大写的"人"，大写的"人"最美。那么，纵观卢永根的一生，他是用什么来大写一个"人"字呢？

答案只有一个字：爱！

他对国家的爱，对土地和农民的爱，对教育事业的爱，对生活的爱，对身边人的爱，对学生的爱。

在过去的几十年里，无论是他的学生，还是同事、朋友都真真切切感受到了这份爱。他们说，卢永根的爱像一盏明灯，照亮了无数青年人的前路。

本科就读于华农时，刘向东已是久闻卢永根大名，本科毕业后，刘向东去了福建工作，"当时我已经在福建工作了好几年，想继续回华农攻读博士。我冒昧地给卢老师写了一封信，表达了我想考博的愿望。没想到卢老师很快就回了一封热情洋溢的信，让我很是感动"。再一次，书信成了卢永根和学生之间沟通的桥梁和纽带。

刘向东永远都记得，20个世纪90年代，自己获得去香港进修的机会，但是苦于囊中羞涩，终日愁眉不展，卢永根看在眼里，悄悄为他准备了1500元钱，还有两个他自己出国时用的行李箱和一套全新的西装。刘向东每每回想起来就无限地感慨："这些都是我真真急需的，即便是我的父亲可能也不会想得这么周到。"如今，刘向东自己带学生、带工作团队，他常常对后辈们说：要学习卢永根院士胸怀坦荡，做一个纯粹的人、一个高尚的人、一个大写的"人"。这大概就叫做师德的传承。

杨绛先生在谈教育的时候这样说过："好的教育"先是启发人的学习兴趣和学习的自觉性，培养人的上进心，引导人们好学和不断完善自己。要让学生在不知不觉中受教育，让他们潜移默化。这方面榜样的作用很重要，言传不如身教。

卢永根深以为然，他的恩师丁颖是这么做的，他也是这么做的，这样的教育理念正代代传承。卢永根就像是一盏忘我燃烧自己照亮身边的明灯，给人温暖和正能量。

有一段时间，本该是一块"圣洁之土"的高校职称评审工作，却受到一些不良风气的侵扰。一些学者、知识分子在职称评审中互相攻击、诋毁，对人对己都很不公正。为此，担任校长的卢永根为扭转这种风气尽心竭力。他要求学校学术委员会、各学科组评委、申请晋职者和职改办工作人员要严正自律，互相尊重，实事求是，公平公正，不能凭臆想和感情用事，要抛开个人好恶，独立思考，严格按程序办事。他主持教师专业技术职务评审工作，严格把关，充分发挥专家委员会的作用，主持制定了严密的专业技术职务申报、述职、答辩和评审等程序，规定了各职务系列、各职务等级的基本条件，以及申请人、评审人员和工作人员必须遵守严格的纪律，并且严格执行，一经发现违纪行为，严肃处理，决不姑息。对此，他堪称表率。具体到每一位要求晋升职称的同志，他都是着重看其业绩，看其学术水平，从不将个人恩怨带入职称评审中，而一旦发现有人弄虚作假，他从不讲情面，坚决予以处理。1996年，当《南方日报》披露某些干部在研究生的外语考试中作弊时，他十分气愤，投书报社为捍卫学位的尊严抨击这种丑恶现象。他坚决反对某些学者动辄以"填补国内外空白""科学史上的里程碑"来夸大自己的学术成果，坚持严格的科学评判标准。

卢永根是国务院学位委员会委员、学科评议组召集人，同时还担任了许多学术团体的学术职务，每逢各类评选活动，总会有一些高校和科研单位，四处"公关"，找他说情，对此他态度鲜明，能回避的坚决回避，不能回避的他坚持按标准、按水平、按实力，实事求是地投下自己手中庄严的一票。卢永根对他人是这样，对自己更不含糊。尽管他已被评为中科院院士，但涉及自己的学术成果评价时，他从不夸耀自己。正如他自己所说：不要抢头功，不要一窝蜂，不要说过头话。他把别人为自己写的材料中有关成果评价的"最系统""最深入"都改成"较系统""较深入"。他提出的"特异基因亲和"新概念，有人建议把"概念"改为"理论"，认为其有理论，又有计算公式，还有应用于实践的工作设想，是一种比较系统的理论。但是他不同意这种提法，认为还有待于实践的再三检验。

卢永根校长就是这样通过制度建设规范职称评审工作，通过宣传教育抓学风教风以及师德建设，尤其是通过其身体力行，使华南农业大学这所有着光荣传统和优良校风的学校经受住种种不正之风的冲击，继承和发扬了丁颖等老一辈科学家为后人留下的宝贵精神财富。

1995年6月，卢永根从校长岗位上退下来后，就把全部身心用在学科建设和人才培养上。

"执着，就是英雄模范们都在党和人民最需要的地方冲锋陷阵、顽强拼搏，几十年如一日埋头苦干，为国为民奉献的志向坚定不移，对事业的坚守无怨无悔，为民族复兴拼搏奋斗的赤子之心始终不改。"卢永根是个生活有仪式感的人，每到重要的时间节点，他总会留下一些文字，对自己说，对岁月说。

2003年是他大学毕业50年的纪念，他留下了长长的一篇感慨：

我在高等学校已工作了50余年，既教书，又从事科学研究。回顾几十年的科教生涯，有几点体会：

第一，要把教学科研工作看作是一种事业。当教师不仅是一种职业，更是一种终身奋斗的事业，是党的事业的重要组成部分。"事业"不等同于"职业"，不仅是解决吃饭的问题。既然是事业就得有执着的追求，产生责任感、荣誉感和满足感。由于众所周知的原因，一个时期教授的社会地位不高，生活待遇低下。我选择了教师的职业无怨无悔，从来没有看不起自己是一名知识分子，也从来没有想过改行。看到别人高升了或"发"起来了，我既不羡慕，也不"眼红"。1987年我有机会上调中央担任副部长级的职务，但我坚决地、恳切地推辞了，其中主要的原因之一，是我舍不得离开自己的水稻研究事业。

第二，教师和科学工作者的魅力在于人格力量。榜样是无声的命令，作为一名教师，他必须作学生的表率，要"为人师表"就是这个道理。我要求学生做到的，首先要自己做到。我要求年轻人勤奋，自己首先要勤奋。双休日和假期照常工作，已成为我的实验室的不成文规矩。只要不出差，双休日我也照常回实验室工作。我要求学生守时，自己就得首先守时。我一定提早5分钟到会，如临时因事迟到，一定作自我批评并表示歉意。

第三，教师和科学工作者也要讲政治。我是从事自然科学的教学和科研工作的，因此，不可能也不需要花太多时间去学习政治理论。但是，科学无国界，科学家有祖国，一名真正的科学家，必须是一名忠诚的爱国主义者。科学工作者不能只埋头业务而不问政治。我所理解的政治就是关心世界和国家大事，把自己的命运同祖国的、民族的命运联系在一起，把自己的工作同国家的需要联系在一起，把国家和人民的需要作为推动自己工作的动力。一个科学工作者要对国家和人民负责，就要坚持实事求是，不趋炎附势，敢讲真话，不讲过头话，不讲违心话，不做违心事，绝不能跟风。

第四，要淡泊名利。在当前实行市场经济中，在一些教师和科学工作者中滋长了争名夺利的思想。只要牵涉到个人名利，就

2008年4月1日，卢永根在办公室工作

"寸土必争"，在论文和科研成果的排名上也"寸土不让"。更有甚者，为了图虚名，不惜弄虚作假或剽窃别人成果，这不仅导致个人身败名裂，而且对年轻人产生了恶劣的影响。我认为名利不应是科学研究的目的，科学工作者不应名利思想过重，我主张淡泊名利。真正的"名"不是自封、不是伸手要来，也不是通过媒体炒作而来的，"名"是人民给的，是大家公认的，可遇而不可求。淡泊名利就能心理平衡，沉得住气，避免急功近利的短期行为和躁动。不搞一窝蜂，不争抢头功。

第五，要不断努力学习。当今科技发展一日千里，不努力学习就会落伍。如果知识陈旧、老化，教学和科研工作就很难有所创新。我是比较注意学习的，从书本中学，从群众中学，从实践中学，不放过每一个学习的机会。我不光读专业书，也读文学、历史、地理的书。读报时看到一个地名不知道的，马上翻阅地

1998年9月，卢永根获全国模范教师称号

图，看到一个不认识的英文生词，马上记下来查阅字典。出差候机或在旅途中，是我抓紧时间阅读"非专业读物"的好机会。

转眼半个世纪，功成名就的他，更多的是对自己的反思："人生路程已走过了一大半，回首自己选择和坚持的道路，无怨无悔。人总是逐渐成熟起来的，对事物的认识也总是逐渐趋于理性、全面和深入。"

卢永根的一生，坦荡磊落，他用真诚与燃烧的激情点亮了一盏心灯，照得自己的内心敞敞亮亮，也带给身边的人温暖与能量。

科学工作者不能只埋头业务而不问政治。我所理解的政治就是关心世界和国家大事，把自己的命运同祖国的、民族的命运联系在一起，把自己的工作同国家的需要联系在一起，把国家和人民的需要作为推动自己工作的动力。

——卢永根

一身正气

从20世纪50年代初来到华南农业大学（原华南农学院），除了去北京给丁颖院士做助手那几年和几次短时间的海外研修，卢永根几乎没有离开过华南农业大学。"只不过我的身份有变化，从学生到老师到校长，从校长再回到老师到退休到成为一个老头子。"他很爱这个校园。

一年四季，走进华南农业大学，就如同走进花的海洋。特别是春天到来的时候，校园内紫荆花盛开，风一吹，满地落红……有人拿华农的紫荆花开和武汉的樱花开来媲美，"五湖四海一片林"的华农紫荆校园，早已闻名省内外。除了自然美景，红墙绿瓦的行政楼，有着"广东壳"之称的红满堂，气势磅礴的校史馆等都已经成为网红打卡胜地。走到华农赏花打卡再品尝上一瓶地道的华农酸奶，是许多旅游爱好者广州游中的一项选择。

"五湖四海一片林"的华南农业大学校园

华农红满堂

而这美丽的校园也凝聚着华南农业大学师生员工的心血和汗水，讲述着老校长卢永根的一身正气，奋斗不息的故事。

1983年，卢永根一上任华南农业大学的校长，就非常重视校园的基础建设，学校一名副校长负责分管园林绿化工作。校领导班子多次邀请国内外专家前来规划，将十年校园绿化规划列为学校三项战略决策之一，并从人员上、经费上予以保证。从1983年以来，学校实行每年每人2个劳动日参加绿化义务劳动的制度，发动群众，人人参与，加快了校园绿化建设进程。

有工程的地方，就会有利益。卢永根刚上任校长时，学校大兴土木，一位做工程的亲戚觉得千载难逢的机会来了，兴冲冲找到卢永根，希望能拿到工程。

这个亲戚的登门拜访激怒了卢永根，很少发火生气的他当即就把那个亲戚骂了回去。那个亲戚走了之后，卢永根余怒难消，觉得有必要让亲戚们知道自己的想法。于是，他周末专门回了一趟花都乡下，把相关的亲戚们都找来开了个会。此时的卢永根心平气和，但是不高的声调却表达了内心的坚定。他说："只要我在华农一天，你们就一天不要进华农的大门，不要想在华农做工程。"

先党员，后校长，卢永根把对党的忠诚化作两袖清风。

有一天，温思美到卢校长的办公室汇报工作，一进门就看见卢永根拿着电话正大发雷霆："你给我现在就回来，再不回来，我马上找你的直接领导，我让你丢饭碗。"

温思美甚至都觉得自己进错了门，这是那个总是脸上带着亲切笑容的卢永根校长吗？

仔细一问，才知道原委。原来就在十几分钟之前，有位年轻的教师来过，他和爱人长期两地分居，希望卢永根校长能考虑把爱人调到华农来，卢永根仔细听了他的诉求之后，让他放宽心，答应会按照程序办理。那位年轻的教师又感动又忐忑，临走的时候冷不防往卢永根兜里塞点什么，鞠了一躬就往外跑。卢永根把兜里的东西掏出来一看，是一块手表，气坏了，这才发生了刚才的一幕。很快那位年轻的教师返回办公室，取回了手表，并且被卢永根狠狠批评了一顿。

在华农，熟悉卢永根工作作风的人都知道，卢校长讲原则、重规矩，学校里没人敢送他东西，也没人敢请他吃饭。

"他会当场拒绝，还让你下不了台。"

卢永根管得最严的还是自己。在一个发了黄的笔记本的第一页，卢永根在上面清晰地写下几行字：

多干一点，
少拿一点，
腰板硬一点，
说话响一点。

在校长的位置上，卢永根坚守着自己给自己定下的"四个一点"原则，不坐进口小车，在住房等待遇上不搞特殊。"不能占公家的便宜。"这是他常常和助手赵杏娟说的话。

华南农业大学的校园很大，进进出出没有车非常不方便，学校提出派专车接送他上下班，他不同意，坚持走路上下班。他认为走路上下班，一则可以充分利用资源，因为他清楚校办的车辆不多，能省则省，二则可以锻炼身体，路上碰见老熟人还可以好好聊一聊，了解学校的近况。身为校长和院士的卢永根心系学校，但公私分得非常清楚，如果不是公家的事，他从来不会使用学校为他配置的专车外出，遇到老朋友聚会或是去见亲戚，他会步行十几二十分钟到校门搭乘公交或者叫出租车。

"四个一点"，是卢永根做校长的原则，也是他作为专家学者的原则，不图虚名不图利。从2004年开始，不愿当"挂名博导"的他主动停招学生，改为协助自己的学生辈带研究生，这样一来，博导的待遇没有了，但是他的工作一点都没有因此而减少。

卢永根是国务院学位委员会委员、学科评议组召集人，并一度担任中科院生物学部副主任，在相关的评定中，他的意见举足轻重，在一些人看来，"就是卢永根一句话的事"。于是，有高校和科研单位打听到他是评委时，希望在人情上做些"铺垫工作"，以求顺利过关。曾有人找到华南农业大学发展规划处处长、卢永根弟子庄楚雄说情，庄楚雄说："你太不了解卢院士，找他不仅没用，歪门邪道只会适得其反，卢老只看实力。"

身为中科院院士，卢永根也从不越位。他认为院士只是某一领域的权威，并非什么都懂。他更不允许别人打他的旗号跑项目、要课题。

2003年，卢永根出差去参加在南昌举行的全国野生稻大会后，按照行程安排他要继续去辽宁沈阳出差，当时的卢永根已是70多岁的老人了，但他不顾开完会之后的劳累，选择乘坐晚上的火车到北京，再一大早从北京坐飞机到沈阳。他说："这样不仅可以节省住宿费，还可以节约时间。"

多年来，卢永根南来北往地参加各种学术活动，无论是行政级别还是学术地位，他都能坐头等舱，但是他几乎没有使用过这个特权，他说："虽然不是自己出钱，国家花钱我也心疼。"他也从来不用公家的钱请客吃饭，包括请研究生吃饭，都是他自己私人付款。

日理万机的卢永根会在办公室自备邮票，用来寄私人信件。如果寄的是公函，他会把信密封后交给助手赵杏娟去寄。如果寄的是私人信件，他会把信密封好、贴足邮票才交给赵杏娟。如今，那些还没有寄出的邮票成为赵杏娟美好而温馨的回忆。

"卢老担任校长期间，处事非常公道，各方面从来不偏向自己的学科或实验室，总是从学校的整体布局出发，所以教师都非常服气。"梅曼彤说。

他一直强调高校教师和科学工作者也要讲政治，要有党性，要关心政治，关心时事。夫人徐雪宾时常觉得，两人在政治自觉上的高度一致是他们家庭婚姻幸福的最大基础。

他们习惯每天早上6点半开始听中央广播电台的新闻，7点听广东广播电台的新闻，吃早餐时收看CCTV-13新闻台的《朝闻天下》，晚上7点看中央台《新闻联播》，加上看《人民日报》《广州日报》和上网浏览新闻，对国际动态和国内大事了然在胸。他们看新闻，绝对不是简单地听完、看完就算了，而是结合国内、国际形势进行思考和分析，从中研究党和国家的发展趋势。难怪有很多教师感慨，他们的学习热情与大部分在职教师相比，不知道强多少倍。

卢永根常常说：学到老、活到老。在卢永根的办公桌旁边有各种各样的字典、词典，方便随时查阅。他遇到不认识的地名就查中国地图、世界地图，不认识的英语单词就查英语字典，不会读的字就查新华字典……

面对不断涌现的科技新产品，比如电子邮件、智能相机、智能手机、微信等，卢永根满怀热情、积极学习。他说："我是带着问题去学的，边学边用，边用边学。"每逢遇到不明白的地方，他都会不耻下问。

就这样，他慢慢地学会了使用电子邮件，并从中体会到用电子邮件与外界进行联系的便捷与乐趣。他学会了熟练使用智能相机，外出参加会议、同学相聚、老朋友相见时，他都会积极地为大家照相留念，并从中挑选一些得意之作晒成相片保存。继微博之后兴起的微信，他也很感兴趣，通过向同事请教、和老同学交流使用心得等方式去学习，不久就会使用微信与在国外的女儿一家聊天。

他掌握的这些新事物，都是通过学习得来的，这对于年轻人来说，是很简单的事，但对一个七八十岁的老人家而言，确实很了不起。

多干一点，少拿一点，腰板硬一点，说话响
一点。

——卢永根

12

一泓清水

2015年5月6日，卢永根院士百忙中在夫人徐雪宾的陪同下抽时间回了一趟他的家乡花都。卢永根这辈子在家乡生活的最长一段时间是抗战时期的两年，当时他只有十岁出头，而躲避战乱的那两年，那些彻夜浸泡在沟渠冻得瑟瑟发抖的日子给他留下了刻骨铭心的记忆。大约也因为如此，他对家乡，对家乡人有着从来也不需要想起，永远也不会忘记的牵挂。他永远都记得父亲寄来的两条家训：

"身劳苦学"；

"既买锄头又买书，田可耕兮书可读，半为儒者半为农"；

他永远也不会忘记自己第一次感受到祖国的苦难，第一次体会到当亡国奴的滋味，没有强的国，何来安宁的家？

这一天，卢永根、徐雪宾来到花都罗洞小学，为的是签署一份房屋赠与合同，卢永根把他和哥哥二人共有的两家价值百万的商铺赠予

卢永根院士捐赠给罗洞小学两间铺位证件展示板

花都罗洞小学，作为这所家乡小学的永久校产，其全部收益用于设立以他父母姓名命名的"卢国棉·梁爱莲伉俪基金"，进行奖教奖学。他说："教育是强国之本，一个国家要强大就要读书，要办教育。为什么把商铺捐给学校，就是希望家乡子弟努力读书，成为国家有用之人，国家才会越来越强大。"到目前为止，这项基金已经奖励师生近3000人次。

那一天，学校安排卢永根给学校的孩子们上了特殊的一堂课，卢永根给家乡的小朋友们讲当年的故事，讲太平洋战争爆发导致香港沦陷，自己跟随兄弟姐妹如何回到这里避难，一面是极度匮乏的物质生活，一面是日本侵略者的残暴欺凌……

临别的时候，卢永根和学校的孩子拍了一张照片，卢永根在孩子的中间，脸上洋溢着孩童般纯真的笑容，而孩子们的脸上，人们看到了阳光和希望，人生总有不期而遇的温暖，总有那么一束光，会照亮你、感染你、打动你、温暖你，为你带去源源不断的力量。

朴实，就是英雄模范们都在平凡的工作岗位上忘我工作、无私奉献，不计个人得失，舍小家顾大家，具有功成不必在我、功成必定有我的崇高精神，其中很多同志都是做隐姓埋名人、干惊天动地事的典型，展现了一种伟大的无我境界。

在卢永根身边工作的人都知道院士的生活走的是两个极端，对自己极尽严苛，对他人慷慨侠义。

卢永根常常说，他经历过用粮票买东西的物质匮乏年代，明白今天的物质丰盈的生活来之不易，所以十分珍惜，从不敢浪费。

他长期关注国家粮食安全，那些年，他一直在各种场合，呼吁大家重视国家粮食安全，节约粮食，把中国人的饭碗牢牢地端在自己的手里。2013年至2015年，他分别为深圳市龙岗区龙城小学、华南师范大学附属中学、华南农业大学继续教育学院承办的"全国现代种业发展与粮食安全"高级研修班、华南农业大学农学院2014级的全体新生和农学院2015级农学专业学生作题为"国家粮食安全和节约粮食"的学术报告，听众有小学生、中学生、大学生、研究生、继续教育研修班学员和大学教师。

在卢永根的报告中，所有的文字资料都是他亲自查找并亲自排版的，他以丰富的资料和开阔的视野对"国家粮食安全、我国粮食生产情况、不能忘却我国大饥荒的伤痛、触目惊心的粮食浪费现象和共同筑牢国家粮食安全长城"五个方面进行了诠释。通过报告，卢永根向广大师生宣传，节约粮食，人人有责，从我做起，从小抓起；勉励广大农业科技工作者、教育工作者和农学学子站在国家粮食安全的高度，负起振兴我国农业的使命感和责任感去学农、爱农，终身为农业服务。

润物细无声，卢永根勤俭节约的作风无处不在，也时时刻刻影响着他身边的每一个人。

平日里，一般人收到期刊或者杂志后，会撕开牛皮纸信封，取出期刊或者杂志，然后把牛皮纸信封扔掉，这个动作再平常不过了。而卢永根的习惯做法是用剪刀沿着信封的封口剪开一条细线，取出期刊或者杂志后，如果是完好的信封就保留起来继续利用，如果是破旧的，就扔在一个专门装废纸的纸箱中，定期处理。他说这些用来装期刊或者杂志的牛皮纸信封质量都很好，扔掉太可惜了。

如果信件是在校内交换投递的，他肯定是用旧的牛皮纸信封。他先在信封的正面画一个大大的"×"，划掉了原收信人的信息，然后在信封背面写上新收信人的信息，交换发出。华南农业大学有不少的教职工都曾收到过卢老用旧信封发出的信件或者资料。

卢永根对纸张的使用也很节约。在处理纸质材料时，他会把双面空白的，或者单面空白的纸留下来，保存好，用来做草稿纸。如果是单面空白纸，他在有字的一面画上一个大大的"×"，在空白的一面写字。如果是双面空白纸，一面写完了，再接着写另一面。这么多年了，卢永根院士一直都是用这些所谓的"废纸"起草材料，这些"废纸"是一项项科研成就的"基石"。

在他的影响下，他的助手赵杏娟也养成了这样的习惯，打印文稿时，修改稿一律用单面空白纸，定稿才用打印纸，并且是双面打印。

卢永根平常的生活就是布衣本色。衣着很朴素，夏天，他常常穿短袖、短裤、布鞋，冬天，他穿普通大衣、布鞋，再戴个帽子，走到路上，人们根本看不出来，这是一位大学者、一位院士。在他的影响下，整个实验室师生的穿着都很朴素，甚至会招到外人的笑话，说是"土包子"扎堆的地方。

更"土"的是卢永根和妻子徐雪宾平时的生活。

卢永根几乎每天都是最早一个来到办公室，忙碌到中午，然后拎着一个饭盒来到饭堂，和学生一起排队，打上两份饭。每次都是一荤一素二两饭，在饭堂吃完，再将另一份带给老伴徐雪宾。华南农业大学的师生经常在学校饭堂见到卢永根的身影，甚至知道他喜欢吃什么。这样的对话常常在食堂发生。

"老校长，今天又吃鱼啊？"

"老伴说吃鱼对身体好！"

"今天的饭菜很香啊，吃得这么干净！"

"香是一方面，还有不能浪费。"

在过去的半个多世纪里，卢永根和徐雪宾守着熟悉的校园，就如同守着他们相濡以沫的日子，他们住的是华南农业大学的房改房，位于五层。年过八旬的卢永根喜欢自己做饭。二老还在楼顶种了菜，平时科学种植，到做饭时间了，就到楼上去摘一点，又省钱又安全，心里美滋滋的。

"老伴，今天又省了青菜的钱！"

"自给自足，又省钱又能练练筋骨，最重要的是，科学种植，我们都是高手！"

谁能说这样的生活没有滋味呢？

说到生活，卢永根的口头禅是："生活过得去就可以了。"

卢永根至今还用着老式收音机。有一次收音机坏了，卢永根还请人帮忙修理，连修理铺的师傅都说："您这款收音机已经是老古董啦！"

晚上去卢永根家拜访的学生和同事都有一个共同的体验："家里怎么这么暗啊？"原来，老两口为了节约用电，客厅的大灯都不开，只开一盏小台灯。

而记者们到了卢永根家里采访，印象深刻的是这两个细节：一是那几张用铁丝绑了再绑的竹椅子，还有就是家里没有窗帘。

每当被问到这两个细节，夫人徐雪宾总是笑眯眯："椅子是老物件了，有感情！至于没有窗帘，倒不是为了省钱，是为了省时间，窗帘挂久了不是要洗吗？洗完窗帘不是要挂回去吗？洗呀挂呀不是需要时间吗？太麻烦啦！"

晚年时，同事、学生看到卢永根年纪大了，建议请个保姆，有个照应，出门叫上学校配的专车，保障安全。一听这建议，夫妇俩直摇头，继续"我行我素"：卢永根院士背个挎包、头戴遮阳帽，缓缓步行到公交站坐公车，一旦遇上大雨，就撩起裤腿，蹚着雨水回家；徐雪宾则踩着一辆28寸凤凰单车，车铃叮叮当当，响彻华南农业大学校道。这也成为华南农业大学校园的一道靓丽风景。

在卢永根的身体状况每况愈下的时候，华南农业大学马克思主义学院研究生韩硕曾担任过帮扶卢永根院士的志愿者，为卢永根院士夫妇提供一些生活上的帮助。"其实就是帮助送一些文件，再有就是有时候帮助卢院士到食堂打饭再送过去。"韩硕说，一般卢永根院士夫妇都会点三荤两素，总计不超过15元，而米饭还是他们自己煮。印象中，卢永根院士夫妇生活都非常简朴、厉行节约，"像快递送过来用于包装的纸盒，徐雪宾老师都会折好后放在阳台，用于卖废品"。两口子就是这么容易满足，卢永根常常说起，他是在1959年评上讲师的，工资是99元，这个工资水平持续了很多年，他甚至风趣地给这每月的99元起了个别名叫"2条9"。"2条9"的工资在当年算是不错的收入，加上他与夫人量入为出，双方的家庭负担又都不重，所以常常有节余，帮帮东家，扶扶西家，这是他们的生活常态。1993年卢永根院士的博士生刘向东前往香港大学做合作研究，他看出学生经济窘迫，悄悄地为他准备了钱和生活用品。

无论是身为校长还是院士，卢永根生活的底色永远是俭朴、简单，他从不搞排场，从不追求奢侈。卢永根和夫人徐雪宾教授不仅在国内如此，在国外也是如此，他们公派出国期间，生活也很节俭，能省的就尽量省，他们两个出国回来后能省下3万多美金。

　　然而，正是这样的一对勤俭得让人难以想象的夫妻，对于需要帮助的人却是慷慨得让人难以想象。多年来，他们在扶贫济困这件事情上从不甘人后。几乎每年他们都通过各种途径捐资助学，经常资助贫困学生，帮助他们，从来不求回报。当收到受资助学生的来信的时候，两个人都会高兴得像是收到了自己孩子的来信。

2006年10月26日，卢永根参加广东省院士活动时在湛江湖光岩与一群祖国的花朵在一起

无论是一帆风顺的日子，还是身处逆境的时刻，始终坚信，要把一生献给党和祖国！

——卢永根

13
一片丹心

"有一个被认可的事业，有一个充满着爱的家庭，有一个健康的身体，老卢，你的幸福指数相当高啊！"每次在校园里散步，见到卢永根，当年得到卢老重用的"华农八大金刚"之一，后来又多年共事的老朋友骆世明都会这么说，卢永根总是笑眯眯，那场景是徐雪宾最爱看的。

如果说，徐雪宾能要求上天为自己做一件事情，她最大的希望就是时间能够停留在2015年夏天，这样她就可以永远守着和卢永根相濡以沫的日子。

如果时间可以停留，每天他的学生们都会看到他早早出现在办公室，没有周末，没有节假日。

如果时间停留，每天人们都能看到衣着干净朴素的卢永根一手拄着拐杖，一手拿着饭盒在校园里走着。他喜欢去莘园食堂吃饭，他耐心地排队，排到了会买两份饭，一份自己在食堂里找一个角落吃了，另一份装进饭盒里带回去给徐雪宾吃。

如果时间可以停留，在每年夏天的毕业典礼或新学期的开学典礼上，人们又可以听到卢永根院士讲那过去的事情……

但是，平静的日子被卢永根的病打破了，他患了癌症，前列腺癌晚期，这意味着生命进入倒计时。经历过无数风雨几多生死的卢永根，面对疾病的到来表现得比徐雪宾预期的还要平静，他们甚至心里有一种默契：不必让更多的人知道，日子该怎么过还是怎么过。

卢永根说："看来我要抓紧时间呢，好多事情都才开始。"

在知道自己身患绝症的最初的那些日子，卢永根特别想念他曾经的战友，后来在事业上给过他很多帮助的王屏山。时间真快，王屏山离开转眼10年了。那些年，卢永根晋升院士，王屏山从政协退休，大家各忙各的，联系得不多。2005年9月5日至8日，卢永根到省人民医院接受住院体检，意外知道王屏山也住院治疗，并且在同一层楼，卢永根特别高兴，两次看望他，两个人聊了很多，谈信仰，谈教育理念，谈他们半个世纪的革命友谊，他们好像回到了当年在岭南大学的日子。当时王屏山被诊断为败血症，但是他对生命的态度如此乐观，早已把生死置之度外。

"作为一名共产党员，应利用自己有限的生命为党和为人民多做些有益的工作。"

对王屏山这句话，此时的卢永根也有同感。

生命中的最后一段时光，卢永根不得不长期住院，徐雪宾则寸步不离地陪伴在他的身边。

"我俩大半辈子都没有离开过党。这个时候，也不能没有组织生活，要继续坚持下去。"他对夫人徐雪宾说。

住院后不久，2017年2月，在医院住院治疗的87岁的卢永根委托助手赵杏娟向农学院党委提出申请，建议成立临时党支部，让他能按时交党费、过组织生活。

"卢永根诠释了党性的力量。"华农党委副书记钟仰进说。他的要求很快得到了校党委的回应，2017年3月，"卢永根院士病房临时党支部"成立，由卢永根、其夫人徐雪宾、赵杏娟和张展基、农学院党委副书记、党务干事六人组成。这一天，老两口开心得就像过节一样。

临时党支部成立后，他们每月定期到医院，与卢永根一起过组织生活，把党和国家的重要方针政策、学校发展的最新动态带到病床前，卢永根每次都认真学习、精心准备、积极发言。

吃住在医院里，两人有了更多共同学习的时光，那些年轻时孜孜不倦追求理想和信仰的幸福感得以回味。不同的是，此时的他们更多的是卢永根躺着，徐雪宾在床前有序地安排着他从不间断的学习。夫妇两人坚持着每天清晨收听广播、每晚看《新闻联播》的习惯，徐雪宾每天为卢永根读报。

一天，徐雪宾给卢永根读《共产党宣言》在中国的出现，那是1920年2月，在浙江义乌分水塘村一间柴屋，年仅29岁的陈望道根据《共产党宣言》日译本、英译本，并借助《日汉辞典》《英汉辞典》奋笔疾书地翻译。柴房里面很杂乱，也没有桌子，他拿来两条板凳，搭了一张床板当桌子，拿来几捆稻草垫起来当凳子。山区早春的天气非常冷，但他依然坚持翻译，实在坚持不住时，就在屋里做运动取暖。家里穷，没什么吃的，母亲给他准备了凉粽子蘸红糖充饥，母亲在屋外喊："红糖够不够，要不要我再给你添些。"儿子在柴房应声答道："够甜，够甜的了。"谁知，当母亲进来收拾碗筷时，却发现儿子满嘴是墨汁，红糖却一点儿也没动。

这个故事让老两口甘之如饴，陈望道翻译的这本小册子在中国不断传播，影响了一批为寻找中国未来而奔走的中国共产党人，为引导大批有志之士树立共产主义远大理想、投身民族解放振兴事业发挥了重要作用。卢永根想起了他刚刚开始接触到马克思主义的日子，想起那个叫萧野的语文老师，他是自己信仰追求路上的引路人，关于追求信仰和真理内心所获得的甜的滋味，他深有感触。

> 忠诚，就是英雄模范们都对党和人民事业矢志不渝、百折不挠，坚守一心为民的理想信念，坚守为中国人民谋幸福、为中华民族谋复兴的初心使命，用一生的努力谱写了感天动地的英雄壮歌。

2017年4月17日，卢永根希望学院把教育基金的管理实施办法制定好。

2017年9月27日，组织支部学习黄大年的先进事迹。

2017年10月18日，卢永根在病房全程观看了党的十九大开幕直播，他表示，总书记的报告让他这位老党员热血沸腾，备受鼓舞。

……

这是卢永根参加所在党支部组织生活记录，记录下了一名老党员的忠诚。亚热带农业生物资源保护与利用国家重点实验室副研究员吴锦文坦言，每次的党支部会议，卢永根也会积极发言，"他非常关注当前国内国际的大事，对学习当前党和国家的最新政策文件也非常热情，还主动给我们传达"。

"住院之前，他一直在关心中国的粮食安全问题。作为国内农业领域的专家，他非常关注我国的粮食进口问题。他一直说，不能因为现在国际上粮食便宜了，就可以不重视农业生产，一定要有忧患意识。"张泽民说。

2017年10月18日，中国共产党第十九次全国代表大会在北京召开，此时的卢永根身体已经非常虚弱，他躺在床上，插着氧气管，连水杯都拿不动，但他仍然坚持全程听完党的十九大报告。

十九大召开后的第三天，卢永根院士病房临时党支部开展了"学习讨论习总书记十九大报告"的专题组织生活会。虚弱的卢永根仍然坚持全程参与了学习和讨论。

"听完习总书记的报告，热血沸腾、备受鼓舞。作为一名老党员，再次找到了自己在解放初期所感受到的国家发展和人民生活蒸蒸日上、热火朝天求发展的强烈愿望。"说完这一段话，卢永根喘着粗气，但是眼睛里却闪着光，面色似乎也好了些。

卢永根在病房一待就是两年，病房里安静的时候，他会特别想念自己的恩师丁颖，想念那些自己陪着恩师走过的和病魔斗争的时光。

1963年，丁颖院士75岁高龄，气管炎发作，体质下降，组织劝他休养，可是他心里只有工作，永远觉得时间不够用，他拒绝了。直到周恩来总理亲自批示，由农业部党组做出决定，"命令"丁颖院士去太湖疗养，他才去了27天，很快又返回工作一线。

1964年，丁颖院士得了肝病，还是坚持不放弃到各省考察，9月24日在和当地技术干部作水稻生产的报告时大汗淋漓，第二天就住进了医院，再也没有能够出院……

在医院的那些日子，丁颖院士常常说："年逾古稀，我早已进入老年人的行列。我愿意以周总理'活到老、学到老、革命到老'的教导作为人生的取向。虽然岁月不饶人，我已注意从饮食、起居、心态和运动等方面来延缓身体的衰老过程。我的青春年华已经献给党的科教事业，我准备把晚年继续献给这个事业。"

亲爱的恩师，我正在走过您当年走过的路，更能体会为什么您总是觉得时间不够用，真是想向天再借500年啊！

虽然我现在疾病缠身，无法自由地行走，但是，我的意识是清醒的，我的牵挂是不变的，我的信仰是坚定的！

——卢永根

14
一捐惊世

病魔就像一只大手，紧紧地抓住了85岁的卢永根，他的健康状况每况愈下。2017年年初，卢永根开始流鼻血，病情更加严重，卢永根不得不住进医院。离开家的时候他回头看了一眼这个看上去"家徒四壁"的四居室，再看一眼徐雪宾。当年那个意气风发的广州姑娘，如今满头白发，腰也没有以前那么直了，但是眼睛里的纯真依然没有改变。卢永根好想说："这一辈子让你受累了。"

从那以后，两年多的时间，卢永根再也没有回过家，徐雪宾一寸不离地在他的身边照顾，医院的病房成了他们最后一个"家"。

那是3月的一天，徐雪宾像往常一样照顾卢永根吃药、做治疗，她想有些话还是趁着丈夫精神头好的时候说比较好。

"阿卢，我问你啊，咱们这些年家里积攒了一些钱，你打算怎么处理呢？"

卢永根深情地看了一眼徐雪宾，没有料到她今天会将这个问题提出来，又好像一直在等这个时刻，觉得自己有许多的话要说，但最后只说了一个字，并且他觉得一个字足够了。

"捐。"

卢永根的妻子，与他牵手走过了60个春秋的徐雪宾听到阿卢说出这一个字，原本她也以为自己有许多的话要说，但最后也只说了一个字，并且她觉得一个字足够了。

"好。"

因为徐雪宾也是这么想的，都捐掉。前后十几秒的时间，他们就把这件天大的事情谈完了，这个时候，他们甚至连家里有多少存款都不是十分清楚。

2017年3月14日下午3时30分，卢永根与老伴相互搀扶着，缓缓地走入银行，接下来，老人的一个举动，让在场的所有人泪流满面！

他从破旧的黑色挎包里，掏出一个折叠过的牛皮纸信封，缓缓地取出里面的十几个存折——要求将存在银行的近20笔存款全部转入华南农业大学教育发展基金会的账户！卢永根撑着赢弱病躯，坚持了一个半小时，将近20笔存款约693万元转入华南农业大学教育发展基金会的账户里。

七天之后，3月21日下午，中国工商银行的工作人员应邀来到卢永根的病榻前。卢永根强撑着瘦弱的病体，一次又一次输入密码，一次又一次亲笔签名，直至把全部存款一分钱不剩地转出……两位老人家一共捐出了8809446元。

这八百多万元，是两位老共产党员一生的全部积蓄，这里面有两口子的工资和稿费，有他们在国外学习和工作攒下来的美金；有两个人平日里不舍得多用一滴水一度电省下来的钱……

卢永根院士及夫人徐雪宾将毕生积蓄880余万元全部捐赠给华南

2017年3月21日，卢永根、徐雪宾夫妇二人签字捐赠880余万元

农业大学，成立"卢永根·徐雪宾教育基金"用于扶持农业教育事业。这是华农自建校以来，收到的最大的一笔个人捐款。作为人师，卢永根的倾其所有无疑是对这所他倾注了一生时光的母校，以及每一位学生的无言大爱。

伴随着这张新闻照片的传播，卢永根迅速在网上走红，每一篇关于他捐款的报道下面都是长长的评论。在无数人把成功的概念定义为获得丰厚财富的今天，人们不能想象，是一种什么样的情怀让这个看起来"毫不起眼"的老人做出了这样了不起的决定，而对于他身边的人来说，却觉得这是一件"一点都不奇怪"的事。

"他那种帮助别人的公益心，一直都有。无论在什么情况下，他都想着尽自己的努力去做一些力所能及的事情。"

"一是因为他一贯的家国情怀，二是因为他对教育的期盼，他说教育可以让更多的人成为有用之才，将来报效祖国。"

"他做出这样的决定是必然的，不是偶然的。"

至此，卢永根院士走进了公众的视野，而他身上的闪光点感动点远远没有被媒体挖掘出来。

张展基是华南农业大学农学院党委书记，也是卢院士的学生。他1987年到华南农业大学读书，学的是畜牧相关专业，当时卢永根是校长。三十年来，他与卢永根从师生关系到同事关系再到上下级关系，说起卢永根，张展基总能想起这样一件往事。

"那是1990年11月的一天下午，我打着雨伞走出校门，突然看到卢校长一手提着包，一手提着皮鞋冒雨往学校里跑。当时觉得很奇怪，后来到农学院工作后与卢校长聊起这件事，他说当时皮鞋是出国或特殊场合才穿的，他到省里开完会，坐公交回到五山下雨了，皮鞋沾水容易坏，所以就出现了当时的一幕。"

无独有偶，关于鞋子，卢院士的助手赵杏娟有着她的回忆。

"有一年，学校开运动会，我们农学院给每位教工发了一套运动服和运动鞋，卢老师经常穿。特别是那双运动鞋，他穿到脱胶，去三角市的修鞋摊那里补了几回，继续穿，直到不能再穿了才扔掉。"

也许这样的小事，会发生在每一个经历过困难时期生活的老人身上，但是，一生节俭过着苦行僧般的日子，却把毕生的积蓄全部捐给有需要的青年教师、学生和科研项目，甚至把自己的遗体也捐出来，这就不是寻常人所能做到的了。

是的，这样捐赠毕生积蓄的慷慨卢永根仍然觉得不足以表达自己对党、对国家、对他深爱的教育事业的爱。在《感动中国》的录制现场，卢永根、徐雪宾夫妇的行为再一次感动中国，徐雪宾向现场观众展示了一张遗体捐献卡，这是几个月前卢永根要求为他办理的。卡片上面写着："我是一名捐献遗体的志愿者，我愿在身后将遗体无偿地捐献给医学科研和医学教育事业，为振兴祖国医学事业而奉献。"同为遗体捐献者，徐雪宾非常理解和支持丈夫的决定：

"作为中国科学院的院士，作为共产党员，他捐献遗体是最后一次做出自己的贡献。"

把一切献给祖国。此刻，任何赞美的语言都显得那么的浅薄，我们唯有仰视。

一个高尚的灵魂，一颗赤胆忠心，一腔爱国热血。大爱大智的卢永根，在耄耋之年走出了人生的华彩满天。

遗体捐献卡

党培养了我，将个人财产还给国家，是作最后的贡献。

——卢永根

15

一生无悔

2018年，卢永根生命中又一个高光年份。

2018年3月1日晚，中央电视台"感动中国"2017年度人物颁奖典礼上，卢永根成为第一位揭晓的"感动中国"年度人物。《感动中国》组委会给予卢永根的颁奖词中写道：

"种得桃李满天下，心唯大我育青禾。是春风，是春蚕，更化作护花的春泥。热爱祖国，你要把自己燃烧。稻谷有根，深扎在泥土。你也有根，扎根在人们心里！"

被媒体誉为"中国人的年度精神史诗"的《感动中国》是中央广播电视总台打造的一个精神品牌栏目。传播正能量，让普通的大众了解和认识那些为祖国奉献、传承中华民族道德血脉、精神价值的人们，引导大家树立正确的人生观和价值观，这是《感动中国》的宗旨。鲁迅先生说："中华民族自古以来就有埋头苦干的人，就有拼命

2017年度"感动中国"人物颁奖现场

卢永根院士接受采访视频片段

硬干的人，就有舍身求法的人，就有为民请命的人，他们是中国的脊梁。"入选"感动中国"的每一位年度人物正是中国脊梁，《感动中国》所呈现的不仅是中华民族道德血脉、精神价值的历史传承，也是对世界、对未来响亮而自豪的宣告：中华民族复兴、重新崛起于世界强国之林，不仅仅是凭着悠远千年的辉煌过去、广袤疆域的泱泱大观和GDP的持续攀升，更要依靠这些有情有义、敢于担当的中国人，他们是中国的脊梁，更是中华民族精神价值的承载者和传扬者。

作为《感动中国》的主持人，白岩松、敬一丹十几年来在节目中认识了许多大科学家，卢永根的故事依然深深震撼了他们的心灵。敬一丹说："1949年，伴随着新中国的朝阳冉冉升起，卢永根向着党旗庄严承诺，这一生把一切献给党，从那一刻开始，他从来就不曾忘记自己的初心和使命。而今天，他所做的一切已然融入岁月的年轮，形成一种强大的力量感动中国，感动世界，告诉人们，大写的'人'最美！"

白岩松眼含充满敬意的热泪和身在广州的卢永根做了视频连线。

录制颁奖晚会的那一天，身患癌症晚期的卢永根在医院已经躺了一年多了，无法到达现场，夫人徐雪宾接过节目组送来的奖杯送到了他的病床前。

徐雪宾："老卢，你的奖杯。"

他点点头，用虚弱的声音说："很漂亮！谢谢！"

现场响起了悠扬的乐曲，观众泪目。

1949年8月9日，是卢永根加入中国共产党的日子，卢永根把它视为是自己新生命的开始，从此他只在这一天过生日。与他在火红年代相识的妻子徐雪宾深知他的这份深情，每年这一天总会做一件有仪式感的事情，让这个日子更加有意义。当年，她便是选择了这一天答应嫁给卢永根，执子之手，与子偕老。从此他们风风雨雨走过了60多个春秋冬夏。2019年，在过完他这一年的生日之后的第三天，8月12日凌晨，89岁的卢永根安静地走了，安静地就像一颗种子落入泥土中。卢永根自从住进医院，就和徐雪宾就医院治疗方案达成一致，弥留之际不进重症监护室，不做过度的没有意义的抢救，他从容淡定地走向死亡，走向春华秋实的最深处。

巨星陨落，化作一缕青烟。

此时，距离2019年10月1日还有不到两个月，卢永根终于还是没有熬到新中国成立70周年那个举国欢腾的时刻。按照他和夫人的意见，不举行任何遗体告别仪式；遗体无偿捐献给医学科研和医学教育事业。

这是他作为院士的"最后一次科普"；这是他作为唯物主义者的"最后的一次贡献"。

每当提到卢永根院士遗体捐献这件事情，他的老伴、华南农业大学离休教授徐雪宾就会很自然地略微带着自豪地说："我和阿卢一样，我也捐了。"

卢永根就这样走了，没有骨灰甚至没有墓碑，只有一尊多年前树立的雕像安静地矗立在校园的一角，守望者他挚爱的祖国，他挚爱的土地。

69年前，卢永根曾在入党转正申请书中这样写道：虽然我并非无产阶级出身，但投降无产阶级这一点自己有决心而且在实际工作中思想意识中去不断实践，我有理由相信，在党的不断教育下，自己将会变成一个坚强的无产阶级战士。69年后，他以无产阶级战士的姿态，奉献给了这个世界，告别了这个世界。

在医院里寸步不离地陪伴卢永根两年多，看着自己的爱人每况愈下，徐雪宾对卢永根的离去是有心理准备的，但是，当这一天真的到来的时候，相濡以沫大半生，一朝孤单一人的徐雪宾心里有一种说不出的痛，她甚至哭不出来，只觉得时光无处安放。

第二天，8月13日，中共中央总书记、国家主席、中央军委主席习近平通过中共中央办公厅转达了对卢永根院士逝世的哀悼，并向徐雪宾表示慰问。收到这份问候，徐雪宾轻轻点了点头，她的第一个想法是，要是阿卢知道，他心里会觉得很温暖的。

随后，慰问如雪片般飞来。

中共中央政治局常委、国务院总理李克强通过国务院办公厅转达对卢永根院士逝世的哀悼，并向家属表示慰问。

温家宝、张德江、李岚清、吴官正、陈至立、刘延东、罗富和等通过中国科学院转达对卢永根院士逝世的哀悼，并向家属表示慰问。

全国政协主席汪洋、副主席卢展工，中央政治局委员、中央组织部部长陈希及班子其他成员，国务委员、国务院秘书长肖捷，全国人大常委会副委员长王晨，全国人大常委会副委员长、民盟中央主席丁仲礼等委托中国科学院致电，对卢永根院士的逝世表示哀悼，对亲属表示慰问。

中共广东省委书记李希，中共广东省委副书记、省长马兴瑞，中共广东省委常委、省委组织部部长张义珍及省直有关部门负责同志等以不同方式对卢永根院士的逝世表示哀悼，对亲属表示慰问。

中国科学院院长白春礼发来唁电，代表中国科学院和中国科学院学部主席团，并以个人名义，对卢永根院士的逝世表示沉痛哀悼，向亲属致以诚挚慰问。

中国工程院副院长、中国工程院院士刘旭，中国科学院生命科学和医学学部主任陈宜瑜，中国科学院院士谢联辉，中国科学院院士谢华安，中国工程院院士罗锡文，中国科学院院士刘耀光，扬州大学原校长顾铭洪，扬州大学农学院院长严长杰，扬州大学农学院作物遗传育种学科带头人梁国华等发来唁电。

全国政协原主席俞正声、副主席杜青林、陈宗兴委托全国政协办公厅对卢永根院士的逝世表示哀悼，并向家属表示慰问。

中华全国归国华侨联合会发来唁电，对卢永根院士的逝世表示哀悼，并向家属表示慰问。

中国科学院院士陈新滋、吴硕贤、黄路生，中国工程院院士陈志杰、陈勇、盖钧镒、邹贺铨、刘人怀、何镜堂、李焯芬、郭仁忠等发来唁电唁信，表达对卢永根院士逝世的哀悼。

广东省委常委、组织部部长张义珍代表省委书记李希，省委副书记、省长马兴瑞登门慰问了徐雪宾。

广东省人大常委会主任李玉妹及班子成员转达对卢永根院士逝世的哀悼。广东省委常委、宣传部部长傅华，广东省委常委、统战部部长黄宁生转达对卢永根院士逝世的哀悼，并向家属表示慰问。省委叶贞琴常委表达对卢永根院士的哀悼和对徐雪宾及家属的慰问。

广东省农业农村厅、广东省林业局、广东省归国华侨联合会、中共广州市花都区委、广州市花都区人民政府、天河区五山街道工作委员会、五山街道办事处、《秋光》杂志社、广州市院士活动中心、广东省优秀科技专著出版基金会、中国农业科学院、广东省农业科学院水稻研究所、安徽农业科学院、中国科学院华南植物园、中国农业大学、东北农业大学、西藏农牧学院、广西大学、安徽农业大学、东风东路小学等单位发来唁电或唁函。

卢永根院士的亲朋好友、同事、学生也纷纷发来唁电、唁函或登门慰问徐雪宾。

华农党委书记李大胜、校长刘雅红等校领导登门慰问徐雪宾。

华农原校长骆世明、陈晓阳发文或者唁信缅怀卢永根院士。

……

太多的关怀，太多的慰问。卢永根离开之后，徐雪宾觉得日子好像被拉长了，尽管每天都有人来看望她，晚辈们、学生们更是很贴心地陪在她左右，嘘寒问暖，她依然比任何时候都害怕黑夜的到来。这一天，家里来了一群特殊的客人，他们是来自广东省中医院大学城医院卢院士住院期间负责照料看护他的医务组成员。两年多的时间里，他们与卢永根院士携手与死神搏斗，卢永根的坚强、豁达、真诚和美好感染着医务组的每一位成员，他们之间早已结下了挚爱亲情。一进门，他们当中的几个护士就抱着徐雪宾痛哭起来，反而是徐雪宾含着眼泪不住地安慰大家。

"不要难过……"

"你们很尽心尽力了……"

"谢谢你们的陪伴……"

卢永根去世后的第4天，徐雪宾将一个信封郑重交给华农党委书记李大胜。

"这是老卢的特殊党费，在他看来，所有取得的成就和荣誉，都是党培养的结果。这是他对党的一点心意，以感谢党和组织对他的关心，希望组织能够接受。"

李大胜打开信封，瞬间泪目，里面是一万元。等他抬起头来想说些什么，发现徐雪宾已经转身走进校园的一片芬芳中，背影孤独但是豁达而坚定。而此时徐雪宾的内心，在被卢永根的盛誉簇拥之下，既深感温暖，也悄悄盼望着探视的热潮退却，她好安静地思念卢永根。

华南农业大学的校园里有不少校友和在校的师生自发组织前往卢永根院士雕塑前默哀献花。在这卢永根生活了大半辈子的校园，夏天依然热烈而美丽。这里留下卢永根太多太多的牵挂，在飘满玉兰花香的角落里，人们仿佛听到他的声音在说：

校园规划不是城市规划，要有学术气息；

人与自然和谐的校园才是真正美的校园；

多植树，适当种草，草坪维护浪费水资源；

这些和校史有关的建筑和景点不能轻易拆除，没有文化积淀的校园不是好校园；

建筑物不能追求豪华、时尚，我们要由内到外的朴素精神……

他真是为这所学校操碎了心。

然而人们再也见不到那个当年倾尽全力去创造这份热烈和美丽的老校长了；早晨，人们再也见不到最早出现在办公室的老院士，忙碌地回复邮件，拿起放大镜读书、看论文；中午，人们再也看不到一个和蔼可亲的老人，从容淡定地走进学校的饭堂，拎着一个铁饭盒，叮叮咚咚地走到莘园饭堂，和学生一起排队，打上两份饭，每份饭有一个荤菜、一个素菜和二两饭，在饭堂吃完，再将剩下的一份饭带回家给老伴；黄昏，人们再也见不到那一道风景——一介布衣背着挎包、戴着遮阳帽，在郁郁葱葱的校道上安然地等着公交车……

在人们的心里，卢永根似乎从未远去。他从恩师丁颖那里传承下来，他带着年轻的科学家们历经数十载搜集而来的普通野生稻种质资源，有人形象地称为"植物大熊猫"，这些"国宝"们如今是华南地区最大的野生水稻基因库骄傲的存在。

伫立着卢永根雕像的院士广场，就坐落在华南农业大学的昭阳湖畔。雕像上的卢永根风骨俊俏，正气浩然，一旁的碑面上铭刻着的"坚持实事求是，提倡独立思考；不赶浪头，不随风倒；有三分事实，作三分结论"，是这位永葆初心、矢志奋斗的"布衣院士"一生最真实的写照。

赵杏娟从8月12日凌晨4点接到徐雪宾教授的电话，到张罗卢院士的后事，到接受媒体采访，陪同徐教授去领奖等等，她始终都不能接受卢老已经离开的事实。她常常会产生一种幻觉，觉得卢院士亲切地向她走来，说："小赵，那个稿子还是要改一下。"赵杏娟常常会

华南农业大学校园内卢永根院士雕像

一个人到位于华南农业大学农学院科研楼8楼的卢永根办公室待一会儿，他的办公室还保持着原样，仿佛和自己一样在等待着老科学家的归来。在桌上，摊开的日历那一页，显示是2016年9月6日。这意味着，至少在这一天之前，卢永根依然每天还要到办公室来，撕掉当天的日历后，再开始工作……如今空空如也，窗外彩云漫天。

平时工作不管多忙，赵杏娟都会抽时间去看徐雪宾教授，陪她说说话。她喜欢听徐教授那一声声脱口而出的"阿卢"，好似他只是到楼顶上去忙乎他种的那些菜。门一开，他会举着刚刚摘下来的菜说："又省了一顿。"几十年的相濡以沫全都在这里。

张桂权1976年读大学时就认识卢老，那时作为本科生，他上过卢老的遗传学课，"是他把我引进科学的殿门"。后来，张桂权成为卢永根的第一个硕士生，再后来，他是卢永根的第一个博士生。

"我们在一起走过了四十多年，一个人的一生有多少个四十年呢？"

恩师去世之后，张桂权选择了老师喜欢的方式表达自己想要说的一切，他给老师写了一封信。这封无法寄出的信后来发表在《光明日报》上，《光明日报》的编者按说："人的生命有限，把有限的生命投入到无限的为祖国和人民而奋斗的事业中，则为丰盛，为辉煌，为不朽，为永恒。"

您说——写给卢永根院士的信

您说作为共产党员要有党性，对党忠诚，

自从您在黎明前参加中共地下党组织，

您为党的事业鞠躬尽瘁，

初心不忘，信念不改。

您说科学无国界，但科学家有祖国，

自从您青年时代回到大陆，

您为国家的解放贡献了青春，

您为国家的建设奋斗终身。

您说学农要爱农，服务三农，

您在大都市长大却爱上了农业，

祖国大地到处留下了您的脚印和汗水，

三农问题，一生牵挂。

您说做人要低调，淡泊名利，

在追逐名利的喧哗中，

您显得那么平静，那么坦然，

胸怀坦荡，笑傲得失。

您说做校长要大公无私，先党员后校长，先校长后教授，

担任大学校长十余年，

您始终忠诚于党的教育事业，

牺牲小家为大家。

您说治学要严谨，有三分结果作三分结论，

您要求研究结果经得起历史检验，

您把丁颖的治学精神发扬光大，

求真求精，创新务实。

您说是党和国家培养了您，您的一切属于国家，

您把一生奉献给了国家和人民，

您把一生积蓄和遗体最后捐献，

无我无私，善始善终。

您是这样说的，更是这样做的，

身教重于言教；

学高为师，德高为范，

您为后来者树立了榜样。

爱党、爱国、爱农业，初心不改；

做人、做事、做学问，大师风范。

您的事迹感动了中国，

您的精神永在。

卢永根去世之后，徐雪宾在学校的安排下搬家了，她离开了那个与卢永根默默相守了无数个春秋的被媒体形容为"家徒四壁"的房改房，搬进了广州近郊一个老年养老社区。徐雪宾养老公寓的房间不大，十几平方的空间里有一张桌子，每天蹒跚地走到桌前，打开台灯，认真看当天的报纸，是徐雪宾雷打不动要做的事情。

那盏台灯，是搬家的时候，徐雪宾从家里带来的为数不多的物

件，这盏台灯曾经日日夜夜陪了卢永根许多年，如今打开它，徐雪宾好像能感受到卢永根的温暖，感觉他从来就没有离去。

看书读报累了，徐雪宾便抬起头来。书桌对面白墙的右上方，挂着一张卢永根的照片。照片上的卢永根，他的头朝着徐雪宾书桌的方向亲切地侧着，脸上是他几十年如一日的笑容，照片中的卢永根穿着那件绿色的毛衣。这件毛衣中央广播电视总台在录制《时代楷模发布厅》的时候曾经被带到现场，主持人王宁说："为什么卢院士那么喜欢这件绿色的毛衣，因为绿色象征着希望，象征着未来，而卢院士是用他自己的一生为这绿色镀上了人性的光芒。"

常常，看照片看得出神，徐雪宾就会打开衣柜，把卢永根的这件毛衣拿出来。这毛衣，卢永根穿了几十年，袖口破了，是他自己拿绿色的线缝补的。每每触碰到那个补丁，徐雪宾的脸上会荡起难以言状的笑意，这笑意里有他们几十年的相濡以沫，甚至也有些许歉意："我可真的不算是个合格的妻子，衣服破了，还要让你自己缝补，你看你这针脚粗的。不过，我的女红也好不到哪里去……"徐雪宾把脸深深埋进那片绿色的温柔里，沉浸在不能自拔的思念中。

"阿卢，我在养老院挺好的。红丁在加拿大给我买了一个助行器，又可以当拐杖，走路走累了还可以当椅子坐下，我每天推着它去养老院的餐厅吃饭。一天三顿自助餐，好多你爱吃的菜。可惜……你吃不上了。"

"阿卢，要过春节了。孩子们说要来陪我，我让他们不要那么奔波了。我现在只担心一样，春节期间养老院要是不送报纸了该怎么办？多少年了，我和你一个习惯，没有看当天的报纸就好像丢了魂，我要打个电话问问他们……"

"阿卢，我今天正式向养老院递交了一份请求，请求成立养老院的党支部，那样，这里的老党员们就可以过组织生活了。你一辈子格

2019年，卢永根院士

外看重共产党员的身份。自入党那天起，就发誓要为共产主义事业献出自己的一生，你做到了，无怨无悔奉献了70年。我还要继续，你一定会支持我的。"

"阿卢……"

"阿卢……"

将遗体无偿捐献给医学事业，这是我作为一名彻底的唯物主义者最后的坚守和信仰，作为一名共产党员的最后贡献。

——卢永根

16

一代楷模

一个人有了坚定正确的理想信念，就能不懈努力、执着追求；一个国家和民族有了坚定正确的理想信念，就能披荆斩棘、攻坚克难。

2019年9月，中共中央宣传部等部门授予卢永根"最美奋斗者"称号。

2019年11月15日，中央宣传部向全社会公开发布"永葆初心矢志奋斗的布衣院士"卢永根同志先进事迹，追授他"时代楷模"称号。

2019年12月20日，广东省发布"南粤楷模"，卢永根院士获授"南粤楷模"荣誉称号。中共广东省委号召广大干部群众向卢永根同志学习。

布衣院士

2019年11月11日，卢永根妻子徐雪宾在"时代楷模"发布仪式上代表卢永根领取荣誉证书和奖章（新华社记者 李贺摄）

中共广东省委关于号召向卢永根同志学习的决定（节选）

2019年8月12日，中国科学院院士、华南农业大学原校长卢永根同志在广州逝世。习近平总书记通过中央办公厅转达了对卢永根同志逝世的哀悼，并向其家属表示慰问。11月15日，中央宣传部向全社会公开发布"永葆初心矢志奋斗的布衣院士"卢永根同志先进事迹，追授他"时代楷模"称号。

1993年11月当选为中国科学院院士，曾任第二、第三届国务院学位委员会委员，中国科学院第八届、第九届、第十届生物学部副主任。荣获全国"最美奋斗者""全国教育系统劳动模范""全国模范教师""2017年度感动中国人物""广东省优秀共产党员""南粤楷模"等称号及广东省科学技术奖一等奖等奖项。

卢永根同志是永葆初心矢志奋斗的布衣院士，是习近平新时代中国特色社会主义思想的坚定信仰者和忠实践行者，是新时代共产党员不忘初心、牢记使命、永远奋斗的先锋典范，是"四有"好老师榜样和知识分子楷模。他与共和国同成长、共奋进，为祖国的农业事业发展拼搏了70年，为国家的科技进步奋斗了70年，充分展现了一心向党、一生爱国、一身正气、一生恭俭的爱国情怀和高尚情操，他的先进事迹在全社会引发强烈反响。为深入开展"不忘初心、牢记使命"主题教育，充分发挥先进典型示范引领作用，引导全省广大党员干部学习楷模、争当先进，不忘初心、牢记使命，扎实工作、拼搏奋斗，省委决定，在全省广泛开展向卢永根同志学习活动。

学习他不忘初心、忠诚如山的政治品格。卢永根同志有着70年党龄，一生不忘初心、牢记使命，始终坚守共产党人的理想信念，对党对国忠诚，是一名永葆初心的优秀共产党员。他于1949年在香港加入中国共产党，同年放弃在香港舒适的生活，在党组织安排下回广州读书并积极领导地下学联工作。他始终保持崇高信仰，坚决听党话、永远跟党走，是一名坚定的马克思主义者。他矢志报国，在美国留学时，美国的亲人曾竭力说服他留下，但他毅然选择学成归来报效祖国。面对众人的疑惑，他坚定地说，"因为我是中国人，祖国需要我！"全省广大党员干部要以卢永根同志为榜样，对党忠诚、坚守初心，把为党和人民的事业奋斗终生作为最高目标，以党和国家需要为使命，把个人理想融入党和国家事业，厚植家国情怀，始终笃定信念、胸怀祖国、胸怀人民，矢志不渝地奋斗终生、许党报国。

学习他献身科研、勇挑重担的担当精神。卢永根同志师从著名农学家丁颖院士，一生致力于水稻遗传育种研究，长期奋斗在农业科学研究第一线，是一位杰出的农业科学家。他继承丁颖生前收集的七千多份稻种，后来逐渐扩充到一万多份水稻种质资源，成为我国水稻种质资源收集、保护、研究和利用的重要宝库之一。他于1978年主持完成的《中国水稻品种的光温生态》，成为我国水稻育种工作者最重要的参考书之一，提出的水稻"特异亲和基因"的创新学术观点以及相关设想，对水稻育种实践具有指导意义。他带领学科研究团队共选育出作物新品种33个，累计推广面积达1000万亩以上。全省广大党员干部要以卢永根同志为榜样，爱岗敬业、坚守岗位，刻苦钻研、勇担重任，以"咬定青山不放松"的强大韧劲，以严谨精细、精益求精的工作态度，不断开创工作新局面。

学习他立德树人、鞠躬尽瘁的崇高境界。卢永根同志长期奋斗在高等农业教育最前线，是一位出色的教育工作者和教书育人楷模。他担任华南农业大学校长近12年，为学校的各项事业发展鞠躬尽瘁。他心系教育，大刀阔斧改革，打破论资排辈风气，破格晋升中青年学术骨干，打开了华农人才培养的新格局，成为全国关注焦点。他还在生活上关爱、支持和资助师生，带出了一大批现代农业人才，为国家农业和教育发展作出了卓越贡献。全省广大党员干部要以卢永根同志为榜样，始终以立德树人为根本、以培育英才为己任，为事业鞠躬尽瘁，真诚关心人才、爱护人才、成就人才，努力建设矢志爱国奉献、勇于创新创造的优秀人才队伍，培养更多担当民族复兴大任的时代新人。

学习他艰苦朴素、无私奉献的高尚情操。卢永根同志在生活中始终保持共产党员节俭朴素的优良作风，是一位情操高尚的道德模范。他的办公室设施简单，家中仍在使用20世纪八九十年代的旧沙发、旧铁架床、旧电视。从一线岗位退下来后，他还一直坚持科研工作，每天和学生一起在饭堂排队打饭。他对自己近乎苛刻地节俭，却将毕生积蓄880多万元全部无私捐赠给华南农业大学，设立教育基金；将广州花都祖传的两家商铺赠与当地罗洞小学作为永久校产，商铺租金收入全部用于学校奖教奖学；还将遗体无偿捐献给医学研究和医学教育事业。全省广大党员干部要以卢永根同志为榜样，修身立德、甘于奉献，勤勉俭朴、淡泊名利，发扬传承艰苦朴素、无私奉献的优良传统和一心为公、不谋私利的奉献精神，用模范行动展示共产党员的人格力量，自觉同人民想在一起、干在一起，着力解决群众的操心事、烦心事，为民谋利、为民尽责。

各级党组织要把学习卢永根同志先进事迹与学习贯彻党的十九届四中全会精神结合起来，与开展"不忘初心、牢记使命"主题教育结合起来，与培育和践行社会主义核心价值观结合起来，坚持以习近平新时代中国特色社会主义思想为指导，深入开展先进典型学习宣传活动，大力弘扬爱国奋斗奉献精神，营造学习先进、崇尚先进、争当先进的良好社会氛围，不断提升全省上下干事创业的精气神。全省广大党员干部要以卢永根同志等先进典型为榜样，秉持理想信念、保持崇高境界、坚守初心使命、敢于担当作为，不断增强"四个意识"、坚定"四个自信"、做到"两个维护"，保持闻鸡起舞、日夜兼程、风雨无阻的奋斗姿态，积极参与粤港澳大湾区、先行示范区建设，努力做合格党员、当时代先锋、为人民造福，创造无愧于新时代的一流业绩，为我省实现"四个走在全国前列"、当好"两个重要窗口"作出新的更大贡献。

2020年12月3日，中共中央追授卢永根同志"全国优秀共产党员"称号的决定。

该决定中这样介绍卢永根：

卢永根，男，汉族，1930年12月出生于香港，祖籍广东省广州市，1947年12月参加工作，1949年8月加入中国共产党，华南农业大学原校长、教授、博士生导师，中国科学院院士。2019年8月12日，因病医治无效逝世，享年89岁。卢永根同志是我国著名农业科学家、作物遗传学家。他对党、对祖国无限热爱，毅然放弃香港的优渥生活，把毕生精力都献给祖国的农业科学和教育事业。他学高德馨、治学严谨，满腔热情投身水稻遗传育种研究，取得一系列重要研究成果。他廉洁奉公、甘为人梯，担任华南农业大学校长12年间，大刀阔斧推动改革，不拘一格选人用人，从不为自己和亲人谋取特殊照顾，深受师生的崇敬爱戴。他一生恭俭、淡泊名利，将一辈子省吃俭用攒下的880余万元全部捐献给学校，并在去世后将遗体无偿捐献给医学科研事业，用模范行动践行了"把一切献给党和祖国"的初心誓言，彰显了共产党人的高尚情操。

星辰璀璨，榜样的光辉照耀神州大地。

越来越多的人开始熟悉卢永根的故事传扬他的精神，这位党龄和共和国同龄的农业科学家，用70年的信仰和忠诚担当，诠释了一位共产党员的初心；用70年的时间，毫无保留地奋斗与奉献。

新华社撰文说：卢永根的人生就是一面镜子，可以照鉴我们每个人的心灵。作为一名共产党员、时代楷模、华南农业大学原校长卢永根院士用他的精彩一生，回答了"人生的意义"这个大问题，为后

2019年12月11日，卢永根院士先进事迹在广东省"奋斗的我 最美的国"新时代先进人物进校园活动上宣讲

人，为他深爱的国家和民族，留下宝贵的精神财富。

一位青年学生，在学习了卢永根的事迹后感慨良多："我一直在思考，人生的意义究竟是什么？是为教育事业奋斗终身、是为科研事业奋斗终身，还是成为真正的无产阶级战士。或许卢永根也解释不清，他只是用无言的行动默默诠释着。他所做的一切，一定不是为了感动谁，而谁又不被他所感动呢！"

卢永根的事迹在全国引起广泛关注，人们用不同的方式深切怀念这位布衣院士，有15位2019年"礼赞祖国·诗韵乡村"全国乡村诗歌征集活动的获奖诗人，感佩卢永根将个人理想融入党和国家事业、为祖国农业事业发展拼搏70年、为国家科技进步奋斗70年的先进事迹，创作了15首追记卢永根同志的诗作，投稿给中国农村杂志社，并一致表示不取稿酬，只为向卢院士表达敬意。

诗人高玉梅：卢院士执着追求，默默奉献。正如陶行知先生所言"捧着一颗心来，不带半根草去。"他是一棵树，撒下浓密的绿荫；他是一泓泉，滋润茁壮的青禾；他是一颗星，传播无私的光芒。

《悼布衣院士卢永根》

浙江·高玉梅

脩名如月皎，

硕望与星高。

桃李三千秀，

先生不惮劳。

铭言惟四点，

奋起扬旌旄。

越岭不辞苦，

嘉禾出野蒿。

桧松怀壮志，

霜雪砺冰操。

蓬荜清光满，

德馨意自陶。

千金轻一掷，

岂是逞英豪。

但为初心故，

四时著敝袍。

霜天飞素蝶，

沧海起悲涛。

大野寒星坠，

人间失隽髦。

襟怀何磊落，

未带一丝毫。

高风荡万古，

峻节愧吾曹。

诗人韩晓阳：卢永根院士，把自己的根深植在祖国的沃土中，用一生辛勤解开稻谷的基因密码，他以泥土一样的平凡，大地一样的厚德，诠释了一名共产党员，一位中国科学家高尚的情操与品格，在自己的事业中埋头奋斗，奉献一生，他是名副其实的中国脊梁。

《唯有土地是你一生的归宿》
——写给中国科学院院士卢永根
辽宁·韩晓阳

你将一生光阴播撒在田野里

在水稻基因迷宫中探索，寻觅

扎根土地

倾听稻谷细碎的鼻息

掌握它们的语言，秉性和脾气

在自然族谱中

提取进化的神祇

你的命运同稻谷的根须紧紧纠缠在一起

所以

你珍视每一粒粮食

沉迷它们深深跳动的脉搏

尊敬它们生养万物的品格

不想用"伟大"来描述你

你乾乾而作

努力避开这个词汇

常说要"多干一点，少拿一点，腰板硬一点，说话响一点"

平凡中

质朴和骨气沾满泥土的芬芳

修饰着一个党员，一个校长，一个院士

一个专研特异亲和基因的业界泰斗

你的学术越精进，成果越震撼，桃李越茁壮

整个时代都称你为楷模

你就愈加埋首，躬身，你深知

土地从不攀高结贵

稻子从不崇拜偶像

必须跟它们一样谦卑

才能心灵相通

才能将作物遗传学推向巅峰

我更愿称你为痴迷奉献的人

为了教育和人才

不惜把生活简化再简化

不惜"一掷千金"捐赠毕生积蓄

那可是你全部的激情与奋斗啊

站在终点

你捐出受之父母的财富——

你的血肉之躯

将永远滋养

你深爱的稻谷和田亩

七千多株稻种的父亲

深藏身与名的侠客

江湖赋予你"布衣院士"的雅号

你便真的事了拂衣去，不留骨灰，不留墓碑

满腔热血融入春风，灌满稻穗，奏响丰收的乐章

校园一角的雕像

是你，却无法代表全部的你

你已化作陇上青松

热泪盈眶注目着强盛的祖国

你已成为中国脊梁

满怀深情守望着脚下的土地

诗人廖润昌：在国家日益强大，各项事业蒸蒸日上，人民生活富足的今天，我们更加需要时代楷模，民族脊梁！卢院士用自己的高尚情操与无私奉献的精神，谱写了一曲时代赞歌。我们每个中华儿女，

都应当传承、传诵这种大爱，让这种精神延续下去，激励后人。

《七律·咏卢永根院士》

广东·廖润昌

身连祖国重千钧，
大爱无言一队春。
破纸糊窗输积惘，
巨资捐款焕精神。

敢将小气延生计，
不把浮名竞俗尘。
时代楷模倾所有，
初心未改励来人。

诗人郭万振：高调的大树只向往天空，沉甸甸的谷穗低头守护滋养的土地。辛勤努力无悔付出，你是平凡的也是伟大的。致敬可敬的国之栋梁！

《一棵稻子的春天》
——写给卢永根院士

河南·郭万振

我的每一次拔节
都是根对土地的索取
当谷穗吐露清香
我不羡慕高飞的鸟雀

不奢求蜂蝶围绕

莺歌燕啼

爱抚的阳光

滋养的水土

都是我拥有的富裕

高调的大树

总是向往天空

把头低下的

都是谦卑的果实

积蓄一生的力量

只为最后的给予

情愿卷入轰鸣的机器

我的根茎

连同果实

都一起抛出

沃土还在

清风还在

总想起春天时的模样

一如当初

我执着的守望

诗人严平主：稻谷有根，卢院士就是一棵普通又高大的稻，低垂于祖国大地，让众人仰望！

《卢永根》

江西·严平主

忍不住为你写一首诗

虽然你远在天堂

但你留在我们面前

一件穿了几十年的毛线衣

已成一面无声的铜镜

你捐出的一生的积蓄

每一分都是一颗

亮闪闪的星星

老电视，破木椅，旧沙发

每一件遗物

都是你平凡的见证

唯有那一株株野生稻

怀揣你一颗颗汗珠

唯有那一千万亩的稻花香

在祖国的怀抱

弥漫，汹涌，绵延无尽……

诗人张志莹：祖国伟大复兴，就是卢院士和同卢院士一样的千千万万的甘于奉献的人创造的伟大事业。谨以此诗作为献礼！

布衣院士卢永根

吉林·张志莹

院士遗容何处寻，
华南大学自回音。
护花愿有春泥志，
爱国要燃稻谷心。
信仰忠诚载青史，
担当淡泊作名箴。
布衣虽去精神永，
时代楷模和泪吟。

诗人刘峰：卢永根院士一生致力耕耘、无私奉献！是新时代的旗帜！是中华民族的脊梁！

《咏赞"布衣院士"卢永根》

河北·刘峰

誓把青春报大荒，
几多热血入苍茫。
稻花浓郁传千载，
桃李妖娆绽八方。
默默耕耘红帜举，
频频奉献正声扬。
布衣院士情归处，
万里风梳沃野香。

诗人李文海：我们的文明为什么能够传承下来？就是因为我们的民族有根！心存大爱，无私奉献，向卢永根院士致敬！

《大地上的奉献者——致敬卢永根》

山东·李文海

为了寻找一粒米

你走遍了千山万水

每经过一棵稻谷

你都小心翼翼

生怕

惊扰了这土地上

沉甸甸的精灵

名与利

从你破旧的饭盒边滑过

舒适与温暖

从你没有窗帘的屋子里溜走

你只求简单，再简单

多干一点，少拿一点

多么质朴无华的语言啊

你说到做到

而且

还要奉献一点

再奉献一点

涓涓细流

汇成滔滔江水

把舒适与温暖留给别人

把荣耀与光环让给别人

把希望与梦想带给别人

你要的只是责任，担当

一个忠诚共产党人的责任

一个优秀中华儿女的担当

你简陋而又昏暗的屋子里

居住的不是瘦弱的躯体

而是沉甸甸的

光芒四射的

民族之魂！

诗人郭增吉：每当稻谷飘香的时候，我们会想起您；每当端起饭碗的时候，我们会想起您。青山不老，绿水长流，卢院士，您永远扎根在人民心里！

《咏卢永根》

河南·郭增吉

校长专家集一身，

满门桃李敬斯人。

心存大我青禾壮，

志在群黎黄土亲。

时代楷模多载誉，

布衣院士不沾尘。

平生简朴千金献，

华夏留根是本真。

诗人管建华:"春蚕到死丝方尽","鞠躬尽瘁,死而'不'已"是卢永根院士一生的最好写照。卢院士用毕生的默默奉献,向我们诠释了什么是真正的"生为祖国,死为人民"。这是真正的民族脊梁,时代楷模!

《致敬》
——谨以此诗献给布衣院士、时代楷模卢永根
安徽·管建华

几张报纸当窗帘

隔开的是世俗的纷扰

是物欲的享受

挡住的是霓虹的世界

是心灵的浮尘

一段铁丝绑旧椅

绑住的是清贫

是赤子一生的坚守

扎牢的是一位科学家

植根土地的情怀

是一个共产党员

70年永不变更的初心

你小气

小气到一年又一年

还是那件绿线衣

小气到旧饭盒里

总是每餐不剩一粒
旧家具、旧电器
人人都说不合时宜
居室简陋，你一贫如洗
胸怀教育，你富可敌国

你大气
大气到百万、千万
出手阔绰，豪气冲天
人间的富贵于你如浮云
你的财富在土地里
在数千份种子的基因里
在中国知识分子
千年流淌的拳拳血脉里

你走了
走得如此仓促，如此平静
没有骨灰，没有追悼会
像平日的一次出差
像一次寻找种子的远行
我们深知
你念念不忘的
是对这一方土地的牵挂
对教育的一往情深
这一刻，我们懂了

一个科学家，一个共产党员

对国家、对人民的赤诚

让我们谛听

你最后深情的心声

——我深深眷念的祖国啊

我拿什么献给你

只剩下这最后的遗体

诗人陈骥：学习布衣院士，不忘初心。

《七律·颂布衣院士卢永根》

甘肃·陈骥

祖国深根心里扎，

安居港地视云烟。

归来学子为宏愿，

荐拔英才谱后篇。

乐享清贫于现实，

甘将积蓄献科研。

高风亮节人尊敬，

一代楷模万世传。

诗人陈荣来：卢院士的事迹，感人肺腑，值得赞颂，值得歌咏。向"时代楷模"致敬！

《时代楷模卢永根》

安徽·陈荣来

作为科学家

你是中国科学院院士

一辈子研究学术

作为"华南农业大学"校长

你为学校各项事业

殚精竭虑，鞠躬尽瘁

作为一名共产党员

你心系祖国，用实际行动

践行着当年的入党誓言

作为普通老百姓

你竟然倾尽数十年的积蓄

捐出880多万元

用以奖励品学兼优的贫困学生

和老师的教学与科研

难怪别人称呼你"布衣院士"哦

一件毛衣穿了几十年

一只破旧的木沙发

一台老式电视机

几把用铁丝绑了又绑的椅子

布衣院士

以及，几间简陋的房屋
是你留给自己
最后的家底
当你把碗里的米饭
吃到一颗不剩
出了名的节俭背后
"是要把个人财产还给国家作为最后的贡献"
有多少人知道
880多万元的捐款，并不是你
给社会
留下的最后一笔财富
最后，你还将自己的遗体
无偿地捐给了医学科研
和医学教育事业

1949年，你放弃安逸的生活
"为祖国复兴效力"
在教育科研领域，开始了
一辈子的坚守
工作上，你以"多干一点，少拿一点，腰板硬一点，说话响
一点"自勉
不辞劳苦，淡泊明志
带领着科研人员
在水稻遗传研究领域
为人类作出了突出的贡献

2019年8月12日

你永远离开了深爱着的土地

没有追悼会

没有骨灰

甚至没有一块墓碑

只有你的雕像

安静地伫立在"华农"一隅

守望着你挚爱的校园

你用70年的信仰和忠诚

毫无保留地奉献自己

70年啊

你不忘初心的坚守

铸就"时代楷模"精神

诗人井芬清：卢院士永远活在我们心中，他忠诚爱国、无私奉献的精神会激励一代又一代中国人。

《一位"布衣院士"的家国情怀》

青海·井芬清

他是出生在香港，家境优厚

从小就接受英式教育的"香港仔"

亲历国土的沦丧，战争的残酷

时刻不忘自己是一个中国人

他无数次地告诉身边的人

无论是一帆风顺的日子

还是身处逆境的时刻

始终坚信，要把一生献给党和祖国

他说到做到，牢记初心与使命

永葆共产党人的政治本色

始终为人民谋幸福

他潜心学术

一生致力于水稻的遗传育种研究

他曾三次出国探亲访学

学成后毅然放弃

国外优越的工作环境选择归国

他说：因为我是中国人，祖国需要我

他是中国科学院院士

却不顾年迈体弱坚持以双脚

丈量祖国大地的水稻产区

他是著名作物遗传学家

他主持完成的《中国水稻品种的光温生态》

更是成为水稻育种工作的重要参考书

他是有着70年党龄的老党员

2015年他和夫人一起回到家乡

把祖上留下来的两间

价值100多万的商铺捐赠给了罗洞小学

今年3月，他撑着羸弱病躯

在夫人徐雪宾的陪伴下

把一生积蓄8809446.44元

全部捐给华南农业大学

成立"卢永根·徐雪宾教育基金"

这是华农建校108年来最大的一笔个人捐款

但他的家里几乎没有值钱的电器

他家的陈设仍停留在上世纪80年代

破旧木沙发、老式电视

还有几张椅子,用铁丝绑了又绑

他舍不得买窗帘,窗户上糊的是旧报纸

一件毛衣穿了十年

他担任了13年华南农业大学校长

他艰苦朴素、公私分明,以安贫乐道

始终坚持共产党员勤俭节约的优良作风

年近九旬的他没有全职保姆

夫妇俩都是自己打饭或做饭

2019年8月12日

他安详地离去

没有骨灰,甚至没有墓碑

在临终前他办理了遗体捐献卡

愿将遗体无偿捐献给医学科研和医学教育事业

他,就是"布衣院士"卢永根

他是致力于百姓温饱的大科学家

为国家农业发展作出了卓越贡献

他学高为师,身正为范

他立德树人、鞠躬尽瘁

为祖国复兴效力

是他坚韧不拔的理想信念

他永远保持"布衣院士"的赤子之心

保持追求科学真理而不屈不挠的大无畏精神

他甘为人梯，淡泊名利，艰苦朴素

严于律己的可贵品质和高尚情操

为他的家国情怀写下最生动的注脚

2019年11月15日中共中央宣传部

追授卢永根"时代楷模"称号

诗人曲木合合：伟大的时代，成就了无数伟大人物，而无数伟大人物也成就了这个伟大的时代，卢永根院士就是其中的一位。

《永生的根》
——敬献卢永根院士
四川·曲木合合

意气风发，您也是少年！

桃李天下，您也是校长！

科学前沿，您也是院士！

无私奉献，您也是春泥！

不忘初心，您也是党的儿子！

朴实平凡，您也是布衣农民！

您叫永根，是永生的"根"！

您是一个直立永远的人！

也许一块墓碑的厚度已经刻不下您的深度，

一尊雕像的高度也已经体现不了您的伟大。

"无私、博爱、忠诚、信仰、楷模……"

我不知道该选择哪个词去形容您。

您和祖国是一体的！

您活着，无时无刻不把这片土地装心里，

死了，也把自己洒在这片可爱的土地上。

您把祖国的河流和山川紧紧拥抱，

祖国的河流和山川也将您紧紧拥抱。

您永远就是这样一个人——

功名利禄，生不带来死不带去，

您像这片土地一样一尘不染，

只有深扎土里的根，生生不息。

清莲，您是生不带来死不带去的，

但您在人间走，步步都是芳香。

您是中国人民优秀的儿子，

您倾其所有把自己献给祖国和人民。

听说您的故事——

让我，让我，让我想起了那句诗：

"我是中国人民的儿子……"

听说您的故事——

让我，让我，让我想起了那句诗：

"有的人死了，他还活着"

诗人黄世晃：卢永根院士平时省吃俭用，一件毛衣穿了十年，却把一生所有的积蓄全部捐给国家，实在太感人了！特别是，在人生的最后关头，他捐出了所有，包括自己的遗体，真正地把自己清为零，这种不求索取，只有奉献的精神，实在是太伟大了！

《礼赞布衣院士卢永根》

福建·黄世晃

心存大爱一鸿儒，

处世为人与众殊。

豪掷千金培后秀，

却留四点励新吾。

寻禾不畏荒山险，

许国何愁宝体枯。

赫赫功名垂宇宙，

谁将自己尽归无。

这15位诗人，来自全国各地，他们与卢永根院士并不认识，更谈不上生活和工作的交集，但是他们却拥有最好的与这位故去的布衣院士的对话方式——诗歌，这不禁让人再次想起卢永根在16岁的时候创作的那首诗：

假如那么的一天到来呦

人人有书读

假如那么的一天到来呦

人人都是诗人

都是音乐家

我们的生活啊
就是诗境
假如那么的一天到来呦
我们的语言啊
就是音乐

如今，不知道有多少人会知道这首卢永根16岁时写的诗，而当人们再次通过这首诗触碰到一个少年滚烫的激情时，不免感慨万千——这盛世如你所愿。

卢永根的一生，充满了爱国情、报国志。他扎根祖国大地，让自己的梦想与党和国家的事业相融相生。

水稻开花结果、稻香四溢，卢永根的一生更是硕果累累，其中最宝贵的，就是他高尚情怀和情操。

与祖国同成长，与人民共奋进，这样的人生必定春华秋实，芳馨天涯。他所撒下的"种子"，正让他深深爱恋的祖国麦浪翻滚、稻花飘香。

鞠躬尽瘁农业事，
死而不已稻花香。
卢永根，
你的根，
扎根在人们心里，
扎根在春华秋实的最深处。

遗传育种学科带头人卢永根院士

一份坚定的信仰，决定了卢永根一次又一次的人生抉择。而他，从来不是一个人，这个伟大的时代，正在造就更多的像卢永根这样的人。

报告剧《布衣院士》

编剧　陈晓琳

【片头

作家：大家好，我是陈晓琳，是一名作家。2021年是中国共产党成立100周年，100年来，我们党从最初的50多名党员发展到今天的9000多万名党员，每一位党员的背后，都有一个追求信仰的故事。2019年的冬天，我接到了一项写作任务，因为这个任务，我遇到了共产党员卢永根。不对，我这样说不准确，因为卢永根在2019年的夏天就走了，我遇到的是他的妻子徐雪宾教授，和她满满的思念。

【场景1

【舞台上，是一个室内的场景，是徐雪宾养老公寓的房间，有一张桌子，桌子上有一盏台灯；

　　【老年徐雪宾蹒跚地上场，走到桌前；

　　【啪嗒，她打开台灯，起光；

　　【音乐起；

　　徐雪宾：阿卢，你好吗？我搬到养老社区来了，这里很好啊！清净，可以好好地想你。来的时候，你的学生们说要帮我搬家，我说，没有什么东西可搬的。我带来了这盏台灯，这盏日日夜夜陪了你许多年的台灯，打开它呀，好像能感受到你的温暖，一直暖到心里。（她拿起《情系祖国》画册，大屏幕同步）还有，就是这本画册，这画册，是你的一辈子，是我的大半辈子。

　　【舞台的另一个区，主持人作家同时打开了《情系祖国》画册（道具），大屏幕同步；

　　【卢永根年少时的照片；

作家：1930年，卢永根出生于香港一个中产阶级家庭，他的父亲是律师行的高级职员。所以一出生，卢永根就过着家中有电话、出入有汽车的优渥生活。1941年，11岁的卢永根刚刚过完生日，一个被香港人称为"黑色圣诞"的日子突然降临，12月25日，香港被日军占领，彻底沦陷！

【音效；

【视频：铁蹄蹂躏下的香港和内地，资料片；

徐雪宾：你就和兄弟姐妹们一起，被父亲送回广州花县农村老家，但那时的广州也是沦陷区啊。

作家：在沦陷区，卢永根目睹了日军的凶残，亲历了东躲西藏的逃难生活，他第一次感受到祖国的苦难，第一次体会到当亡国奴的滋味。在他的心里有一个问号，那个问号越来越大：没有强的国，何来安宁的家？

徐雪宾：后来，你回到香港继续读书，这个时候你遇到一个改变你一生命运的人。

【场景2

【校园的外景；同学们在校园学习，嬉闹；

【音效：下课铃声，校园喧哗；

【舞台中间的演区；

卢永根：萧野老师！可找到您了！

萧野：卢永根！爱思考的卢永根！我喜欢你这个后生仔。

卢永根：我喜欢听您的课。

萧野：你可能自己都不知道，你的眼睛里闪耀着光。你花掉所有的积蓄，买饼干送给抗日的将士，了不起！我在课上分析当前的局势，揭开港英政府和国民党反动派的真实面目，我透过你的眼睛，能感受到失望和愤怒。

卢永根：国民党的腐败会把我们这个国家带向深渊啊！

萧野：所以我们需要一个强大的政党去建设一个崭新的国家。

卢永根：对，一个强大的政党！老师，谢谢您昨天带我去看郭沫若先生的演讲，真是醍醐灌顶，我激动得一个晚上都没睡着，我写了一首诗，写得不好，您帮我看看。

萧野：（接过诗）

假如那么的一天到来呦

人人有田耕

人人有屋住

人人有饭吃

卢永根：

假如那么的一天到来呦

人人有书读

假如那么的一天到来呦

人人都是诗人

都是音乐家

两人合：

我们的生活啊

就是诗境

我们的语言啊

就是音乐

【10名打扮成香港中学生的青年逐渐聚拢；

【歌曲《假如那么的一天到来》

作词：卢永根

作曲：黄少波

假如那么的一天到来呦

人人有田耕

人人有屋住

假如那么的一天到来呦

人人有饭吃

假如那么的一天到来呦
人人有书读
假如那么的一天到来呦
人人都是诗人
都是音乐家

假如那么的一天到来呦
我们的生活啊
就是诗境
假如那么的一天到来呦
我们的语言啊
就是音乐
假如那么的一天到来呦
我们的生活啊
就是诗境
假如那么的一天到来呦
我们的语言啊
就是音乐

【音乐起，歌曲《假如那么的一天到来》第一次出现；

【若干香港学生打扮的群演，情景歌舞；

作家：写下这首诗的时候，卢永根只有16岁，那个时候的他就有一颗忧国忧民之心。我在采访的时候，看到了卢永根生前一直珍藏的一个本子。（拿出本子）这是他中学时期的作业本，为什么这个作业本卢永根几十年一直留着呢，那是因为在这个本子上，萧野老师留下了许多鼓励他引导他的话。萧野老师在这个本子上写道：（出视频）"我看到了你们的进步使我深深被感动，有时，我不禁偷偷地、愉快地流着热泪，努力跑吧，新中国在向你们招手！"每当看到老师的字迹，卢永根就热血沸腾！这是多么热切的召唤，迎着这热切的召唤，19岁那年，少年卢永根做了一个决定，一个改变他一生的决定！而这也是他人生中一次壮美的逆行。

【情景舞蹈《为了曙光逆行》（3分钟）；

这个舞蹈主要体现白色恐怖下，无数人在逃亡，卢永根在逃亡的人群中坚定逆行，迎来他人生的荣光时刻。

【一个妇女被撞倒，婴儿的哭声，卢永根扶起她；

【在舞蹈的过程中，卢永根和自己母亲完成时空对话；

卢永根母亲：（寻找）永根！永根啊！

卢永根：妈妈！

卢永根母亲：孩子你快回来，你没看到现在大家都往香港跑，多少人变卖家产只为买到一个"香港人"的身份，可是你……

卢永根：妈妈，请原谅我在这兵荒马乱中不能守着您。

卢永根母亲：妈妈不要紧……

卢永根：妈妈，我永远都记得，那次我们在乡下躲日本鬼子，一家大小躲在村外芋头地的沟畦里。

卢永根母亲：那是秋冬季节，夜里的水冰冷刺骨，逃难的人们就这么一整夜浸泡在灌满了水的沟里，谁也不敢作声。夜里安静，大人小孩冷得发抖，牙齿打架的声音夹杂在冷风中特别刺耳。

卢永根：您紧紧地把我抱在怀里。

卢永根母亲：我可怜的孩子。

卢永根：妈妈，那个时候我就在想，这是我们的国家，这是我们的家乡，为什么我们有家不能回？为什么我们要这么屈辱地躲在臭水沟里？为什么黑夜这么长？什么时候才能天亮？什么时候才能见到太阳……

卢永根母亲：孩子，我多想像那天那样，把你抱在我的怀里，我不能看着你走向危险……

卢永根：不，妈妈，那不是危险，那是光明，是我要寻找的太阳！

【舞蹈继续；

卢永根：妈妈，我要寻找我心中的太阳！

【场景3

【场景转换到一个小房子，墙上是空的；

卢永根：老师！

萧野：（警惕地）后面有尾巴吗？

卢永根：（机警地）我甩掉了！

萧野：永根，这两年你加入地下党的外围组织，进步很大，工作也很有成效！

卢永根：萧野老师，是您引导我，给我指明了方向啊！在你的身边我总能感受到一种力量。

萧野：这两年的斗争也很残酷，国民党大肆搜捕共产党人，我们牺牲了很多同志。永根，我们革命，随时都有被杀头的危险，你害怕吗？

卢永根：老师，我不害怕。全国的青年都在牺牲，他们那么勇敢，那么坚强，任凭敌人怎么拷打他，他坚决不说出组织的秘密，为了一个自由的崭新的国家，流尽了最后一滴鲜血。

萧野："要奋斗就会有牺牲！"这是毛泽东主席文章里的话。

卢永根：老师，我对这句话有深刻的体会，看到我身边倒下的那些年轻的生命，我既悲伤又感受到力量，他们是为国家为民族牺牲的，我理应用我的生命去实现他们生命的意义！

萧野：说得好！经组织研究决定，今天你就可以宣誓入党了。

卢永根：今天？

萧野：就现在！

卢永根：（幸福地）现在？

【萧野拿出一面党旗；

萧野：应该把它挂在北边。

卢永根：北边？

萧野：因为，延安在北边。

【音乐起；

【1949年8月9日，卢永根在香港加入中国共产党；

【视频出，解放战争时期入党誓词；

我志愿加入中国共产党，作如下宣誓：

一、终身为共产主义事业奋斗。

二、党的利益高于一切。

三、遵守党的纪律。

四、不怕困难，永远为党工作。

五、要做群众的模范。

六、保守党的秘密。

七、对党有信心。

八、百折不挠永不叛党。

【视频出，卢永根在病床上回忆他的入党时刻：

【"一个很小的房间，墙壁上挂着党旗，我面向北方，面向延安的方向，高高地举起了自己的右手……"

【歌舞《追寻》

作词：张和平

作曲：舒楠

演唱：潘旭

拂去岁月厚厚的封尘

敞开心的世界记忆的闸门

一幅幅一帧帧　不能忘却的画卷

引领着我　默默地前行

追寻　我生命的那份纯真

心中　抹不去的那一片云彩

追寻那永远

属于我们的那份无悔的忠贞　忠贞

抚平冉冉逝去的光阴

又见过去岁月如歌的年轮

一页页　一篇篇

刻骨铭心的画面

我心之向往　无限的追寻

追寻　我生命的那份纯真

心中　抹不去的那一片云彩

追寻那永远

属于我们的那份无悔的忠贞

追寻　我生命的那份纯真

心中　抹不去的那一片云彩

我苦苦追寻　那人世间的大爱无疆

大道无垠

我执着地求索在漫漫路上

那传说和不朽的真爱

追寻　我生命的那份纯真

心中　抹不去的那一片云彩

我苦苦追寻　那人世间的大爱无疆

大道无垠

　　【视频字幕：在党组织的安排下，卢永根从香港回到内地，他的公开身份是岭南大学的学生。

——视频字幕：卢永根以代号"平原"开展地下学联活动，迎接广州解放！

——视频字幕：卢永根通过自己在一线工作中的调查，为党组织甄别特务做出了很大贡献。

——视频字幕：卢永根和同学们一道冲锋陷阵，打击地下钱庄，人民币的威信得以大大提高，物价稳定，老百姓个个拍掌称快。

【《追寻》定格在卢永根大学时期的集体照，他举着标语横幅，一脸阳光；

【作家看着人群中的卢永根；

作家：这张照片是庆祝广州解放一周年的那天拍摄的，广州是卢永根深爱的城市，在这里，他拥有了自己的事业，也拥有了自己的爱情。

【场景4

【徐雪宾急匆匆地跑上场，寻找；
【徐雪宾把手中的旗子交给作家；

徐雪宾：阿卢！

【卢永根在人群中也见到了徐雪宾，格外开心。

卢永根：雪宾！

徐雪宾：（上气不接下气）真没想到，你也是党员，原来，你就是那个代号叫"平原"的同志；

卢永根：我终于可以告诉你了，我就是"平原"，我是共产党员！我是1949年8月9日入党的，从那以后，这就是我的生日，是我人生最重要的日子。（转向徐，仪式感地）你好！徐雪宾同志！

徐雪宾：你好！卢永根同志！我们同时都在做地下学联工作，这真好。

卢永根：怪不得打击地下钱庄你总是冲在最前面，巾帼英雄啊。

徐雪宾：你为党组织甄别特务做出了了不起的贡献，你是无名英雄！

卢永根：没想到你也喜欢话剧。

徐雪宾：我其实是喜欢看你演话剧，喜欢你演的保尔·柯察金。

卢永根：人的一生，应当这样度过：当他回首往事时，不因虚度年华而悔恨，也不因碌碌无为而羞愧。

徐雪宾：这样在他临死的时候，他就能够说：我已经把我的整个生命和全部精力，都献给了这个世界上最壮丽的事业！

合：为了人类的解放而斗争。（两人更靠近了）

卢永根：没想到，你也选择了华农。

徐雪宾：永根，我正想问你，你为什么放弃医学，改学农学呢？

卢永根：雪宾你知道吗？我上中学的时候曾经写过一首诗，里面有那么一句：假如有那么一天到来哦，人人有屋住，人人有饭吃！

徐雪宾：你真的是这么写的？我跟你想的一样，我们的新中国百废待兴，经济比较落后，粮食产量不足，很多人还挣扎在温饱线上，我希望人人都有饭吃。

卢永根：（兴奋）假如有那么一天到来哦，人人有屋住。

合：人人有饭吃！

徐雪宾：（幸福）我喜欢田野；喜欢稻花飘香的味道。

卢永根：我也喜欢田野，喜欢泥土芳香的味道。

徐雪宾：还有……爱的味道！

卢永根：（欣喜若狂）对，爱的味道！

【起歌曲《泥土高洁》；

作词：作家

作曲：方辉

　　春天里我走进田野

　　播种、插秧一切从头学

　　田埂之上一浅一深

　　我却忘记了生活的翘趄

　　耕耘的故事自己写

　　又恐你风情不解

　　夏天里我守望田野

　　清风吹拂心儿在飞越

　　山在远处一高一斜

　　我真迷上世界的层叠

　　收获的酒儿早已约

　　最美的风花雪月

　　这就是

　　我们的田野

　　美丽的田野

　　禾苗茁壮泥土高洁

　　稻浪翻飞惊鸿一瞥

　　这就是

　　我们的田野

美丽的田野
禾苗茁壮泥土高洁
稻浪翻飞惊鸿一瞥

【出视频；徐雪宾说，卢永根把自己入党的日子看作是自己的生日，我也选择在这一天答应嫁给他；

【作家出现在演区；

作家：这就是最美的风花雪月。卢永根和徐雪宾是1957年的国庆节那天结婚的，他们参加了华农的一场集体婚礼。多年以后徐雪宾依然非常幸福地告诉我："一共三对新人，我们都是共产党员。"卢永根进入华农后的一切生活，要从一个人开始，他就是农学家，"中国稻作之父"——丁颖。

【（出丁颖的照片）丁颖是广东茂名人，是新中国最早的院士之一；

【场景5

【农田场景；

【三个男学者和一个女学者上；

女学者：丁教授出发前身体就不好，还非得跟我们来到这么偏远的地方，老人家快70岁了，万一有个好歹可怎么好？

男学者一：还是让永根劝劝他吧，他是丁教授最喜爱的助手。

女学者：他人呢？

男学者二：他一早进了一趟县城去打长途电话，听说是徐老师生了。

众人：生了？太好了！

卢永根：（内喊）丁先生！

女学者：永根，你可回来了！嫂子怎么样？

卢永根：生了，生了个丫头，遂了我的愿，我喜欢女孩！

众人：恭喜你啊！

卢永根：就是苦了她一个人啊。丁先生呢，我有好多话跟他说，他人呢？

女学者：我们正着急呢，他今天状态不太好。

卢永根：老乡家里的条件确实有限，他又执意要和农民朋友们同吃同住。

男学者三：还是你去劝劝他，让他别跟我们下田。

卢永根：那你就错了，我有办法让他好起来！（一屁股坐在田边的土堆上，脱鞋脱袜）

女学者：你这是做什么？

卢永根：你也来，把鞋子袜子脱了，还有你们……

（大家不由自主地坐下，脱鞋脱袜）

卢永根：丁先生说了，这叫接地气，治百病！

丁颖：（画外）没错，接地气，治百病！（音乐起，光着脚的丁颖出现在演区，视频上是黑白照片，丁颖光脚在田野里。）怎么样，跟我一起下田？

【定格，音乐起；

丁颖：每次我光脚走在田野上，我都能从土地里汲取到力量，什么病都好了。

卢永根：丁先生，这大概就是您常说的使命，一个农业大国的科学家的使命。

男学者一：也是为了这使命，抗日战争的时候，您冒着生命危险抢运野生稻种和甘薯苗。

丁颖：一粒种子可以挽救一个民族，一粒种子可以挽救一个国家。这些都是中国农业的财富，绝不能让日本鬼子抢了去，将来等我走了，就把这些野生稻谷的种子交给你们，一代代传下去。

女学者：丁先生，您看您，又说些走啊去啊的。

丁颖：哈哈，我是想说你们不用担心我的身体，我命硬着呢，日本鬼子都拿不去。（想起来了）哎，小徐生了没有？

卢永根：生了生了，是个女孩！

丁颖：好啊好啊！

卢永根：雪宾给孩子取名叫红丁，好不好听？

丁颖：红丁！好名字！（示意别的人）你们先去准备准备，永根陪我在田里走走。（众人下）

卢永根：丁先生，您看，我给您带回来什么？（递上报纸）

丁颖：清华大学刘仙洲教授以65岁高龄加入中国共产党！

卢永根：您看看，这里同时刊登了蒋南翔的文章《共产党是先进科学家的光荣归宿》。

丁颖：共产党是先进科学家的光荣归宿。是啊，中国共产党诞生以来领导全国人民团结在党的周围，发挥了伟大的力量。对于这伟大的力量，我认为我们这些从旧社会过来的人们，最值得思考、体会和明确认识。

卢永根：丁先生，您说得太好了，这种伟大的潜在力量只有在毛主席和中国共产党的英明领导下才能把它团结起来、组织起来，发挥它的伟大作用。记得我在信上说过吗？像您这样先进的科学家早就应该成为共产党内的一员了。

丁颖：记得，我说，我老了，我比你大出整整42岁呢，怕党不要我。

卢永根：追求信仰不论老少，没有共产党就没有新中国，这句话您的体会一定比我深刻啊。

丁颖：嗯，我在日本做学问的时候，常常思考这个问题，我们尝试过以兴办实业为主的洋务运动，以政治改良为主的维新变法，也进行过推翻君主专制制度的辛亥革命。辛亥革命后，又尝试过帝制复辟、议会制、多党制、总统制等各种形式，但旧中国依然山河破碎、积贫积弱，列强依然在中国横行霸道、攫取利益，中国人民依然生活在苦难和屈辱之中。

卢永根：实践证明只有社会主义能够挽救中国，只有社会主义能够建设中国。老师，把您的手给我好吗？在学术上，您是我的领路人，但在政治上，我是先行者，是进步青年，我要告诉您中国共产党的伟大信仰。

【音乐起；
【《把一切献给党》；
作词：李峰
作曲：印青
演唱：吴博文

那一天你拉着我的手

让我跟你走

我怀着那赤诚的向往

走在你身后

跟你涉过冰冷的河流

患难同牵手

跟你走过坎坷的小路

从春走到秋

跟你饱尝过　风霜雨雪

跟你共同饮过　胜利美酒

千里万里　我也没回头

千里万里

啊　我也没回头

如今你还拉着我的手

继续跟你走

我迈着那坚定的脚步

走在你身后

为你捧出火红的青春

一路去追求

为你抛洒滚烫的热血

奉献我所有

也许还要走过无数岁月

幸福的热望总在总在心头

千年万年我也不回头

千年万年

啊　我也不回头

永不回头

【视频字幕：

——1956年，有着"中国稻作之父"之称的著名农学家丁颖以68岁高龄加入了中国共产党。

——卢永根跟随丁颖深耕稻作领域，北至漠河，西至伊犁，南至海南，祖国大地上留下他们坚实的脚印。

——1964年，丁颖院士去世，他留下了7000份稻作种质资源，卢永根小心珍藏起来，并秉承恩师的治学风骨，带领自己的学生走遍中国，把稻作种质资源的收集量扩充到10000份，为祖国的作物遗传育种学研究做出了巨大贡献。

——为寻找野生稻，卢永根深入高山峡谷，走遍一切可能有野生稻生长的地方。

——卢永根院士带领团队选育出30多个高产优质作物新品种，并提出水稻特异亲和基因的创新学术观点。

——卢永根院士主持完成的《中国水稻品种的光温生态》一书，成为我国水稻育种工作者最重要的参考书之一，为学科发展奠定了重要的理论基础。

——卢永根研究团队共选育出作物新品种33个，其中水稻25个，大豆5个，甜玉米3个；培育水稻不育系3个。这些品种在华南地区累计推广面积达1000万亩以上，新增产值15亿多元，创造了巨大的经济效益和社会效益。

——1993年，卢永根当选为中国科学院院士。

——卢永根无论在师德还是对学术的追求上都传承了丁颖老师的风骨。2017年，他的学生刘耀光成为中国科学院生命科学和医学学部的院士，也成就了"一门三院士"的学术界的佳话。

作家：把一切献给党，把一切献给农业，卢永根常常跟人开玩笑说，我这一辈子注定是要做农业的，因为我的名字里有一个根字。几十年来，他就是这样心甘情愿地把自己的根深深扎在祖国的大地上。

徐雪宾：1979年，你去了美国加利福尼亚，你的妈妈、哥哥、姐姐都在那里，他们都觉得这是一个水到渠成的机会，希望你留在美国。

作家：那一年，卢永根39岁，他的选择，又是一次逆行。

【场景6

【1979年，美国加利福尼亚州；

【美国的家庭室内景；

卢永根：妈妈！

卢永根母亲：（在轮椅上）你是？

卢永根：妈妈，我是永根！

卢永根母亲：永根，你真的是永根？

卢永根：妈妈！是我！

卢永根母亲：永根啊！

【（卢永根跪倒在母亲面前）

【（起音乐——）

卢永根母亲：整整20年了！妈妈每天都在想你，盼你！

卢永根：妈妈，我也很想很想您！

卢永根母亲：妈妈知道，你这些年来受了很多苦。

卢永根：哪有什么苦，您别听哥哥姐姐们瞎说……

卢永根母亲：瞎说？你27岁那年，因为反对苏联专家的意见，挨了批评，背了处分，多少人都急着跟你划清界限，这是瞎说？

卢永根：嗯，那是我1947年参加革命以来第一次感受到的委屈、痛苦、悲伤和孤独，丁颖先生一直在帮我，他说：我不相信卢永根会反党、反社会主义。丁先生说，卢永根同苏联专家的看法相反，那是因为他有自己独立的见地，这是难能可贵的科学精神。妈妈，您说，有这样的恩师，我是不是很幸运？

卢永根母亲：幸运？你被下放到广东翁城干校当农民，十年的时光啊，这如何能叫幸运！

卢永根：我本来就是研究农业的，这没什么不好。现在好了，我已经彻底平反了，要不怎么会被学校公派到美国留学？

卢永根母亲：孩子，来了就不要走了，留下来，妈妈不会再有一个20年了，妈妈需要你！

卢永根：妈妈，儿子不孝！

卢永根母亲：你这眼神，这让我想起那一年，兵荒马乱，你执意要回到内地，怎么劝都不听……

卢永根：那是一次逆行，为了信仰。

卢永根母亲：永根，妈妈不懂你的信仰，你就听妈妈一次。你姐夫抗战的时候是飞虎队的成员，他在政府部门很有信誉，他帮你都联系好了，美国最好的实验室，你可以提条件、提要求；你姐姐已经帮你办好了移民申请，你可以把太太女儿都接来，移民局那里应该不会有问题。

卢永根：移民局来过电话了。

卢永根母亲：怎么说？

卢永根：移民局说，我们全家完全符合移民条件。

卢永根母亲：太好了！

卢永根：但是妈妈，我拒绝了。

卢永根母亲：你……多少人宁肯做黑人黑户都要留下来，你、你这是为什么啊？

卢永根：妈妈，您知道在电话里，我是怎么回答那个移民官的吗？我说："科学无国界，科学家有祖国，我是中国人，祖国需要我！"

【歌舞《祖国不会忘记》；

作词：张月谭

作曲：曹进

在茫茫的人海里

我是哪一个

在奔腾的浪花里

我是哪一朵

在征服宇宙的大军里

那默默奉献的就是我

在辉煌事业的长河里

永远奔腾的就是我

不需要你认识我

不渴望你知道我

我把青春融进

融进祖国的江河

山知道我
江河知道我
祖国不会忘记
不会忘记我

在攀登的队伍里
我是哪一个
在灿烂的群星里
我是哪一颗
在通往宇宙的征途上
那无私拼搏的就是我
在共和国的星河里
永远闪光的就是我
不需要你歌颂我
不渴望你报答我
我把光辉融进
融进祖国的星座
山知道我
江河知道我
祖国不会忘记
不会忘记我

山知道我
江河知道我
祖国不会忘记
不会忘记我

不会忘记我

不会忘记我

【视频字幕：

——1983年，53岁的卢永根学成归来，他有了新的使命——担任华南农学院院长。

——在卢永根的努力下，华南农学院于1984年正式更名为华南农业大学。

——卢永根大刀阔斧改革，破格晋升优秀青年教师，人事改革力度之大，曾轰动全国！

——在卢永根的动员下，先后有八位科研工作者被破格提拔，人称"华农八大金刚"，这些青年科学家日后成为教育界和其他领域的栋梁之才。

【穿插卢永根的演讲《把青春献给社会主义祖国》；

卢永根：老师们，同学们：今天，我演讲的题目叫《把青春献给社会主义祖国》。在解放战争时期，北京大学有个名叫朱自清的教授，他拍案而起，宁可饿死也不吃美国救济粮的故事，充分表现出中国知识分子大义凛然的民族气节。新中国刚成立，钱学森等大批留美学生就纷纷回国。他们放弃了优厚的生活待遇和优越的工作条件，毅然回国。这是什么精神？这就是爱国主义精神！1981年我在美国时，曾读过艾青的一首诗，我很喜爱它，并把它抄在日记的扉页上。诗中说："假如我是一只鸟，我也应该用嘶哑的喉咙歌唱，这被暴风雨所打击的土地，这永远汹涌着我们悲愤的河流……然而，我死了，连羽毛也腐烂在这土地里面。为什么我的眼里常含着泪水，因为，我对这土地，爱得深沉，爱得深沉。"

为什么我的眼里常含着泪水，因为，我对这土地，爱得深沉，爱得深沉。

作家：这是卢永根任华农校长后的第一次演讲。那一天，他讲了足足3个小时。很多人不知道卢永根做这场演讲的缘由，上个世纪80年代，出国潮兴起，一部分出国留学生想方设法留在国外，即使刷盘子都不愿回到祖国，这让卢永根十分痛心。在演讲中，卢永根燃烧着自己的赤子之情，他热切地希望眼前的每一个年轻的生命都能像自己一样感受到信仰的力量。果然，卢永根的演讲就像一束火花点燃了现场每一个年轻的生命激情，他们发现，当一个人大声地向祖国母亲表白，表达自己心中的爱恋，是那么浪漫那么美好的事情；当一个人的命运和祖国的命运结合在一起，生命变得如此的有光彩有意义。从那以后，演讲成了卢永根和他的学生们交流的独特方式，每年新生来了，他就会做一场演讲，在校长的岗位上，他工作了12年。

【卢永根的家；

【电话铃响；

【卢永根拿着一份论文上；

卢永根：喂！（打断对方）小余同学，你不需要上我家里来，也没必要到我办公室去，你只需要回答我一个问题，你这篇论文有没有实事求是，你有几分事实，你作出了几分结论？（挂电话）

【向东上；

向东：老师！

卢永根：向东！（抬头看他）你架子大啊，我要专门让人去请你到我家里来。

向东：老师，我不敢来……

卢永根：你怕什么？

向东：我怕您生气……

卢永根：我是真的很生气！去香港进修这么好的机会，同学们都想去，但是我说，从研究方向考虑，向东最合适！

向东：老师，我真的很感谢您……

卢永根：可是你放弃了！

向东：（欲言又止，叹气）

卢永根：向东，家里有困难，为什么不跟我和你师母说呢！

【音乐起——

向东：老师您知道了？

卢永根：（点点头）向东啊，困难都是暂时的，大家一起扛扛就过去了，你师母一听说你家里出了状况，就到邮局给你家里寄钱去了。

向东：徐教授……

卢永根：香港的机会错过了，你小子要后悔一辈子！

【拿出一个行李箱；

卢永根：这个，送给你的！

向东：老师！您那么忙，忙行政工作，忙研究，忙教学，竟然留意到我连个出门的行李箱都没有。

卢永根：其实我真正想送给你的是我常对你们说的那句话，实事求是，独立思考——

向东：不赶浪头，不随风倒——

（合）：有三分事实，作三分结论！

向东：老师，（鞠躬）我一辈子都不会忘记的。

卢永根：好了好了，我送送你，顺便买个菜。

【两人下——

【起诙谐的音乐；

【秘书小赵带着一男一女两个亲戚上；

秘书小赵：卢校长一定是买菜去了。

财旺妻：买菜？

秘书小赵：是啊，你们先坐坐，我去楼下迎他一下。（下）

财旺妻：财旺哥，你确定我们没有走错门吗？这真是你表舅家？

财旺：表表舅。

财旺妻：这是一个中科院院士，一个大学校长的家？

财旺：嗯，是低调了点……

财旺妻：低调？你看这家里哪里有一样像样的家具，你看这铁架床，这破凳子，啧啧啧……比我们乡下的家都差远了……还有，这屋子，连个窗帘都没有……

财旺：老婆，等我把工程拿下来，我一定出钱把这家里里外外变个样！

财旺妻：他手里能有什么大工程？

财旺：妇人之见！你知道我舅舅……

财旺妻：表表舅！

财旺：对，我表表舅他是一校之长，你知道华农有多大吗？公共汽车都要设好几个站！

财旺妻：这么大？

财旺：你来的时候没看见吗？到处都在规划建设，大手笔！这工程他给谁不是给，只要我能拿下这里十分之一的工程……你老公我就发达啦！

【卢永根拿着一篮子菜上；

卢永根：谁要发达啊？

财旺：舅舅！

卢永根：你是？

财旺：我是您姐姐的老公的妹妹的表哥的二儿子，我是财旺！

卢永根：你都把我绕晕了，花都乡下来的？

财旺：是是是……

卢永根：乡下好吗？

财旺：好好好……

卢永根：来了就是客，今晚在家吃饭，我刚刚摘的菜，自己种的，又省一顿。

财旺：舅舅！我们今天出去吃大餐！我请客！

卢永根：我是真没时间，我很忙，晚上约了班子开会讨论学校新一轮建设的事，我想把华农建设成为一个花园般的学校……

财旺：舅舅，我就是为学校的建设工程来的……顺便呢，也给这个家装修一下，保证像像样样。

卢永根：（怒）财旺！原来你也是为工程来的！你知道我为什么躲到楼上种菜去了？今天你已经是第七个来找我要工程的人了，我要是接招，这个家都快成宫殿了。来来来，我第七次打开这个本子，这里，看完你就知道我会怎么做了。

【视频出现卢永根的笔迹；

财旺：多干一点，少拿一点。

财旺妻：腰板硬一点，说话响一点。

财旺：舅舅！

卢永根：财旺！难道我的声音还不够响吗？

【财旺妻拉着财旺往外走；

卢永根：财旺！我有件事情请你帮我；

财旺：（以为有戏）舅舅您说。

卢永根：请你回去转告我的亲戚同乡们，只要我在华农一天，你们就只能走前门进来，不要走后门！

【切光；

【音乐起；

【一男生抱着吉他在弹奏，几个学生在唱；

【歌曲《假如那么的一天到来》第二次出现；

【视频：花园般的校园；

作家：卢老在校长任上用12个字表达了自己的原则，"先党员、后校长；先校长、后教授"。

徐雪宾：他呀，为此得罪了不少家乡人，大家都说他不近人情。

作家：其实他心里一直记挂着家乡，特别记挂着家乡的教育，2015年，您陪着她回了一趟花都老家。

徐雪宾：为的是签署一份房屋赠与协议书，阿卢把他和哥哥二人共有的两家价值百万的商铺赠予花都罗洞小学，设立教育基金。

作家：到目前为止，这项基金已经奖励师生近3000人次。（出照片）您看，这是卢永根和孩子们在一起，那么慈祥那么阳光。

徐雪宾：他喜欢和孩子们在一起，有时候他自己就是个孩子，他要是不生病，不生病该有多好！

【2017年3月，广州，医院

徐雪宾：阿卢。

卢永根：（身体虚脱，苍老）雪宾，你可回来了，感觉你去了好久。

徐雪宾：我就回了趟家，怎么今天把这绿毛衣穿上了？袖口又开了，我还没有来得及补上。

卢永根：我自己补上了，你看，不错吧？

徐雪宾：这毛衣有10年了，能补上就很厉害了。

卢永根：这毛衣见证了我人生的很多大事件呢，所以今天我想穿上它，东西都拿来了吗？

徐雪宾：（从一个破旧的黑色挎包里，掏出一个大大的牛皮纸信封）都在这里。（往外一倒，十多个存折。）

卢永根：这么多？这个存折古老，咱们当讲师的时候，一个月"2条9"，99块，挺富裕的，你过日子又那么节俭，家里什么像样的家具都没有，连个窗帘都舍不得装上。

徐雪宾：那不是省事吗？省得拆洗了。

卢永根：这个存折上怎么写着向东的名字呢？

徐雪宾：你忘了？当初他去香港进修，你看出他囊中羞涩，悄悄帮他买了行李箱，还在里面塞了钱，向东这孩子，后来还给你的。

卢永根：这里有个美金账户，3万美元！

徐雪宾：这是我们俩出国进修省吃俭用攒下来的。不过要说省钱，恐怕谁都省不过你，想想我就心疼。你记得吗，你出差去参加在南昌举行的全国野生稻大会后，按照行程安排要继续去沈阳出差，你一个七十多岁的老头子了，不顾开完会之后的劳累，乘坐晚上的火车到北京，再一大早从北京坐飞机到沈阳，还死活不肯坐头等舱。你说："这样不仅可以节省住宿费，还可以节约时间。"真是省钱不要命。

卢永根：虽说是国家的钱，花着也心疼不是。

徐雪宾：还有这笔钱，你记得吗？我们俩商量过，要不要给红丁，你说，孩子有自己的奋斗和生活。

卢永根：那是，靠自己的孩子才是真正有出息的孩子！这一笔一笔的，都折腾了1个小时了，我们到底有多少钱啊？

徐雪宾：好了好了，这就加好了。阿卢，你自己都不知道自己多有钱吧？

卢永根：说说看，我们多有钱？

徐雪宾：8809446元。

卢永根：这么多钱？哈哈，怪不得我都数累了，你扶我起来。这么多钱，能让多少孩子好好上个学，让多少年轻教师好好教书，好好做科研！

徐雪宾：说吧，你打算把这笔钱怎么安排？

卢永根：8809446元，那我说了？

徐雪宾：说吧。

卢永根：捐。

徐雪宾：好。

【音乐起；

【字幕：卢永根院士及夫人徐雪宾将毕生积蓄880余万元捐赠给华南农业大学，设立教育基金用于支持农业教育事业。这是当时华农建校以来，收到的最大的一笔个人捐款。

【视频字幕：2017年，卢永根入选"感动中国"人物；

【视频："感动中国"年度人物颁奖；徐雪宾说：卢，这是给你的奖杯，卢永根说：很漂亮！

【颁奖词：

种得桃李满天下，心唯大我育青禾。是春风，是春蚕，更化作护花的春泥。

【视频字幕：2019年8月12日，卢永根院士逝世，享年89岁。根据他的遗愿，他捐献出自己的遗体。他走了，把能留下的，全部留给他深爱的世界。

徐雪宾：阿卢，你说过，我们俩谁先走谁就是幸福的，你说得对，你是幸福的！（拿出遗体捐赠卡）这张遗体捐赠卡，是我们的约定，你说这是一名彻底唯物主义者的最后坚守。你放心，我已经完成了你的心愿，把遗体捐献给医学研究，虽然那一刻，我心里好痛好痛！（把头深深埋进绿毛衣）阿卢，你呀你，衣服破了，还要让你自己缝补，你看你这针脚粗的，如果有来世，这样的事，我来做……

【视频：（央视《时代楷模发布厅》）主持人王宁说："为什么卢院士那么喜欢这件绿色的毛衣，因为绿色象征着希望，象征着未来，而卢院士是用他自己的一生为这绿色镀上了人性的光芒。"

作家：这是美丽的华农，粉紫荆年年盛开，年年热烈年年美丽，那个当年倾尽全力去创造这份热烈和美丽的老校长他走了；早晨，人们再也见不到最早出现在办公室的老院士，忙碌地回复邮件，拿起放大镜读书、看论文；中午，人们再也看不到一个和蔼可亲的老人，拎着一个铁饭盒，叮叮咚咚地走到饭堂，和学生一起排队；打上两份饭，在饭堂吃一份，另一份饭带回家给老伴；黄昏，人们再也见不到那一道风景——一介布衣背着挎包、戴着遮阳帽，在郁郁葱葱的校道上安然地等着公交车……然而，卢永根从未离开，他的血脉化作了那尊白色的雕像，他依然像从前那样，喜欢听年轻的充满激情的声音。

众学生：一心向党，一生爱国，一身正气，一世恭俭！

作家：重病在床时，这位年近九旬的老人说："虽然我现在疾病缠身，无法自由地行走，但是，我的意识是清醒的，我的牵挂是不变的，我的信仰是坚定的！"即使到了生命的最后时刻，卢永根依然不忘自己的党员身份。他去世后，夫人徐雪宾将用信封装好的一万元钱交给学校党委，这是卢永根生前嘱托转交的特殊党费，"在他看来，所有取得的成就和荣誉，都是党培养的结果。这是他对党的一点心意，以感谢党和组织对他的关心"。

作家：习近平总书记指出，信仰认定了就要信上一辈子。从1949年在香港入党到2019年去世，整整70年，卢永根用他的生命践行着共产党员的初心。今天，当我们再一次吟诵卢永根16岁时写的诗，我们想对这位布衣院士说：这盛世如你所愿！

【歌曲《假如那么的一天到来》第三次出现；

　　假如那么的一天到来呦

　　人人有田耕

　　人人有屋住

　　假如那么的一天到来呦

　　人人有饭吃

　　假如那么的一天到来呦

　　人人有书读

　　假如那么的一天到来呦

　　人人都是诗人

　　都是音乐家

　　假如那么的一天到来呦

　　我们的生活啊

　　就是诗境

　　假如那么的一天到来呦

　　我们的语言啊

　　就是音乐

　　假如那么的一天到来呦

　　我们的生活啊

　　就是诗境

　　假如那么的一天到来呦

　　我们的语言啊

　　就是音乐

【歌声中，舞台变换成一片金色的稻田，卢永根手里抱着一大把稻穗向舞台中心走来；

【视频字幕：

——2019年11月15日，中共中央宣传部追授卢永根同志"时代楷模"称号；

——2020年12月3日，中共中央追授卢永根同志"全国优秀共产党员"称号。

2021年是中国共产党百年华诞。卢永根的一生与中国共产党的百年奋斗历程紧密相连。在我们党一百年非凡奋斗历程中，千千万万个像卢永根这样信念坚定的优秀共产党员艰苦奋斗、奉献牺牲、开拓进取，淬炼锻造了一系列伟大精神，构筑起了中国共产党人的精神谱系，为党和国家事业发展注入了强大精神力量。

徐雪宾教授来现场观看《布衣院士》首演

徐雪宾教授在《布衣院士》二次演出时来现场给众演员鼓励与打气

舞　　美：单佳期　　彭慧群　　单正茂　　李俊馀　　谌陀平
场　　务：麦嘉程　　刘泓君　　邱婉娴　　林汶雅　　潘　敏
　　　　　林趋秀　　李　壮　　杨佳昕　　吴健鹏　　梁雅迪
　　　　　龙泳之

主要人物

卢永根　　　　　王钰涵扮演
徐雪宾　　　　　崔　灿扮演
作家　　　　　　陈晓琳扮演
萧野　　　　　　肖　红扮演
卢永根母亲　　　郎淑玲扮演
丁颖　　　　　　李跃辉扮演
财旺　　　　　　孟奉锦扮演
财旺妻　　　　　王馨甜扮演
向东　　　　　　吴博文扮演
校园吉他手　　　宋华达、邵海波扮演

女舞蹈：张乐萱　　孟玲萱　　杜海怡　　江　姗　　肖吉雅
　　　　贾一凡　　贾维炜　　刘诗怡　　孔雨婷　　何梓怡
　　　　杨忆源　　张樱霖　　郭瑞珂　　梁樱婷　　魏一雯
　　　　赵莹雪　　张情情　　宁婉婷　　陈诗琪　　张雨瑄
男舞蹈：何宇航　　尚庭康　　李伟卓　　李雨泽　　邵海波
　　　　王梓旭　　杜昊哲　　邱桂阳　　赵应钰　　李铭宁
女群演：李晨宇　　王紫瑶　　李卓雨　　夏芷琳　　王　聪
　　　　黄紫宁
男群演：热　提　　罗家昊　　董书豪　　徐鼎一